1ª edição - Setembro de 2023

Coordenação editorial
Ronaldo A. Sperdutti

Projeto gráfico e editoração
Juliana Mollinari

Capa
Juliana Mollinari

Imagens da capa
123RF

Assistente editorial
Ana Maria Rael Gambarini

Revisão
Alessandra Miranda de Sá
Ana Maria Rael Gambarini

Impressão
Gráfica Bartira

Direitos autorais reservados. É proibida a reprodução total ou parcial, de qualquer forma ou por qualquer meio, salvo com autorização da Editora. (Lei nº 9.610, de 19 de fevereiro de 1998)

Traduções somente com autorização por escrito da Editora.

© 2023 by Boa Nova Editora.

Av. Porto Ferreira, 1031 | Parque Iracema
CEP 15809-020 | Catanduva-SP
17 3531.4444

www.**petit**.com.br | petit@petit.com.br
www.**boanova**.net | boanova@boanova.net

Dados Internacionais de Catalogação na Publicação (CIP)
(Câmara Brasileira do Livro, SP, Brasil)

Carlos, Antônio (Espírito)
O rochedo dos amantes / do espírito Antônio
Carlos ; [psicografia de] Vera Lúcia Marinzeck de
Carvalho. -- Catanduva, SP : Petit Editora, 2023.

ISBN 978-65-5806-052-9

1. Obras psicografadas 2. Romance espírita
I. Carvalho, Vera Lúcia Marinzeck de. II. Título.

23-169860   CDD-133.93

Índices para catálogo sistemático:

1. Romance espírita psicografado   133.93

Eliane de Freitas Leite - Bibliotecária - CRB 8/8415

Impresso no Brasil – Printed in Brazil
1-09-23-3.000

Prezado(a) leitor(a),

Caso encontre neste livro alguma parte que acredita que vai interessar ou mesmo ajudar outras pessoas e decida distribuí-la por meio da internet ou outro meio, nunca deixe de mencionar a fonte, pois assim estará preservando os direitos do autor e, consequentemente, contribuindo para uma ótima divulgação do livro.

Psicografia de

VERA LÚCIA MARINZECK
DE CARVALHO

O ROCHEDO DOS AMANTES

Do espírito ANTÔNIO CARLOS

Índice

CAPÍTULO 1
A aldeia...9

CAPÍTULO 2
A velha igreja....................................21

CAPÍTULO 3
O Rochedo dos Amantes................39

CAPÍTULO 4
Festa na gruta..................................51

CAPÍTULO 5
Buscando ajuda entre os encarnados............................69

CAPÍTULO 6
Histórias de amigos........................85

CAPÍTULO 7
Conversando com o bando.............93

CAPÍTULO 8
A senhora do solar........................107

CAPÍTULO 9
A prisão...123

CAPÍTULO 10
O passado de Ambrósio...141

CAPÍTULO 11
O amor...149

Esta é uma história verídica.

Os personagens ganharam nesta narração outros nomes.

Também não identifico o local em que ocorreram

os fatos para que não possam os envolvidos neste

drama ser reconhecidos.

Que o Pai Maior nos proteja e abençoe!

Antônio Carlos

❉

CAPÍTULO 1

A aldeia

Era uma tarde ensolarada de domingo, quase ao crepúsculo, quando conheci Jair. Estava nosso personagem sentado numa grande pedra, olhando o mar, fascinado.

Atrás dele, uma aldeia como que adormecida. Podia-se com um simples olhar contar as pequenas casas, que contornavam uma única rua, tendo ao centro uma pequena capela. As casas de tijolos eram poucas, pintadas de verde-claro ou branco. Mas a maioria construída com barro e taquara. O comércio consistia em um armazém-bar e uma oficina de barcos, onde faziam consertos e construíam pequenas embarcações de pesca.

Os moradores ou viviam da pesca ou eram pequenos agricultores. De cima da pedra onde estávamos, viam-se as pequenas plantações de diversos cereais, que eram consumidos pelos próprios moradores, cujas sobras eram levadas para serem vendidas na cidade vizinha. Este centro maior ficava a sessenta quilômetros pela estrada esburacada e poeirenta, mas de barco, pelo mar, ficava bem mais perto. Esta cidade também não era grande, mas, em proporção à aldeia, era o lugar de recurso, onde havia médico, remédios e mercadorias para serem compradas ou sonhar em adquirir.

– *Que lugar encantador!* – exclamei maravilhado.

A natureza ali se fazia pródiga; o mar de um azul lindo parecia transparente nos lugares mais rasos, onde se podiam ver os peixinhos a nadar despreocupadamente. A praia não muito extensa, de areias claras, com pequenas e lindas pedras escuras, quase negras. Quando as ondas quebravam, formavam espumas brancas que desmanchavam na areia. Em volta da minúscula praia estava o rochedo. Lindas pedras de interessantes formatos. Um paredão natural onde as águas batiam sem descanso. Alguns coqueiros e poucas árvores se agitavam dando vida àquele lugar que mais parecia uma pintura de um artista inspirado.

Ali estava com um amigo, Ambrósio, que, quebrando meu estupor, me falou sorrindo:

– *Antônio Carlos, aqui está Jair, a causa principal de nossa presença na aldeia.*

Olhei para Jair, menino ainda, doze anos talvez, cabelos curtos, castanhos, olhos profundos, enigmáticos, rasgados, lembrando nossos irmãos orientais. Nariz reto e lábios finos parecendo desconhecer o sorriso. Apresentava-se descalço, calças curtas presas com um cordão e camiseta de mangas curtas.

– *Tem nosso amigo quinze anos* – Ambrósio completou a informação.

Voltei a olhá-lo, mas agora como médico a examiná-lo.

– *Está com anemia, é magro e baixo para sua idade. Tem três focos de infecções pequenas na perna esquerda, necessita de cuidado.*

– *Poderia ajudá-lo?* – indagou meu amigo Ambrósio.

Afirmei com a cabeça e comecei a trabalhar com a atenção voltada para as três infecções logo acima do tornozelo, do lado externo da perna, formando um triângulo equilátero. Após uns minutos sangue e pus escorreram pelo seu pé.

Jair olhou seu ferimento sem se emocionar, desceu pelas pedras e lavou a perna na água limpa do mar.

– Vai sarar logo – resmungou.

– *Vai?* – Ambrósio duvidou. – *Acho que não!*

Estava curioso para saber dos detalhes que envolviam aquela aldeia perdida no litoral brasileiro. Aguardaria o desenrolar dos acontecimentos, mas ousei perguntar:

– *Ambrósio, Jair mora na aldeia?*

– *Sim, naquela casa de barro ao lado esquerdo daquela frondosa árvore. Vê?* – indagou mostrando a casa e continuou: – *Mora com os pais e dois irmãos. A família é mais numerosa, seis filhos, todos homens, os mais velhos estão na cidade vizinha, onde trabalham.*

Jair novamente voltou à posição anterior. Olhava o mar de cima da pedra, quase não se movia. Poucos ruídos se ouviam, o barulho das ondas e, às vezes, o canto de alguma gaivota ou pássaro. O sol perdia-se no horizonte anunciando que logo se esconderia, deixando a noite reinar.

A não ser pelo movimento de um ou outro habitante que voltava do trabalho para casa e do balanço das folhas dos coqueiros pelo vento, tudo parecia, naquela pequena vila, sem vida, quieto e triste.

Olhei para Ambrósio, que meditava sentado a alguns metros do garoto. Silenciosamente esperei pelas suas explicações. Ainda ressoavam em minha mente as palavras de um amigo comum: "Antônio Carlos, gostaria que acompanhasse Ambrósio a uma tarefa interessante ". Fez uma pausa e me observou, a palavra interessante tivera o efeito desejado. Com um sorriso franco, continuou este caro amigo: "Ambrósio tem permissão de ir à Terra em trabalho para ajudar Sara, que em encarnação anterior foi Nizá. Você acompanhará este amigo e o auxiliará a ajudar espíritos queridos em momentos difíceis ".

Certamente acompanhei com imenso prazer. E ali estávamos. Observei Ambrósio: muito simpático, forte, rosto grande, sorriso aberto e olhar profundo.

Era quase noite, a claridade escasseava. Olhei para o menino, sua aura estava suja, carregada de fluidos inferiores que não se concentravam em nenhuma parte do corpo, pois, se isso acontecesse, ele adoeceria gravemente. Esses fluidos circulavam como uma corrente elétrica em volta do seu corpo. Já tinha visto muitas auras assim. E, para cada caso, um fato diferente contribuía para que essa energia negativa estivesse desse modo. Normalmente, algo de muito errado acontecia. Pessoas assim ou estariam fazendo o mal ou colaborando com a maldade. Jair era médium, notei logo que o vi, apesar da pouca idade naquele corpo. Ele estava adaptado a essas vibrações. Ia analisá-lo melhor, mas não deu tempo. Dois barcos apareceram e logo chegaram à praia. Jair num pulo desceu da pedra e correu ao encontro dos dois homens que desceram à praia.

— Trouxe? — perguntou Jair em voz baixa a um dos homens que era grande, forte e bem moreno.

— Aqui está. O dinheiro que me deu para comprar tudo que me pediu — respondeu o barqueiro.

— Está bem, obrigado.

Jair pegou uma caixa e agradeceu novamente ao homem. Deu uma rápida olhada no conteúdo da caixa e determinou com firmeza:

— Você não se arrependerá por me ajudar. Ainda vou ganhar muito dinheiro e não me esquecerei dos que me ajudaram.

O barqueiro o olhou de modo esquisito, virou as costas e continuou com seus afazeres. Jair saiu da praia segurando a caixa como se fosse um tesouro. Mas, em vez de ir em direção à aldeia, caminhou rápido em direção a uma grande pedra no rochedo, do mesmo lado em que estivera momentos antes.

Nós o seguimos. Jair caminhava rápido entre as pedras, demonstrando conhecer bem o lugar. O rochedo era acidentado, algumas pedras maiores se destacavam das demais. O menino ia contornando as grandes e, em frente a uma pedra enorme, o garoto demonstrou que chegou. Entre duas pedras, havia uma passagem estreita, porém permitia com facilidade a passagem de uma pessoa adulta. Essa cavidade ficava bem escondida.

Jair entrou e entramos atrás. Vimos um desencarnado que guardava a gruta, ele não nos viu, era um espírito que servia as trevas. Descemos por uns três metros por um corredor um pouco mais largo que a entrada. A estreita passagem dava para um salão alto e largo no meio das pedras. O guarda, demonstrando ser bom vigia, verificou se Jair não fora seguido.

Jair sentou-se num canto e acendeu uma grande vela que estava colocada em um vão da pedra. Uma claridade tênue iluminou a gruta. O local era bonito, uma gruta natural de pedras escuras.

O menino estava à vontade como se aquela caverna lhe pertencesse. Abriu a caixa e tirou de dentro dela velas coloridas de formas variadas de animais e da figura lendária do demônio. Tirou também garrafas de bebidas alcoólicas e charutos. Colocou esses objetos com cuidado em lugares específicos.

A vibração da gruta não era boa, não gostei do local, mas nada comentei. Ambrósio só observava, como eu. O ar estava carregado e o cheiro era nauseabundo, uma mistura de mofo, sujeira e carnes podres, embora a gruta estivesse bem varrida e aparentemente tudo em ordem e no lugar.[1]

O chão de pedra não era reto, declinava ao lado oposto da entrada e nessa parte era bem alto o salão. E ali estava uma mesa pequena servindo de altar. Do lado direito da mesa, um objeto de um palmo e meio de altura, coberto por um pano branco, sujo. No meio, um grande cinzeiro de vidro, cor cinza, que certamente era usado para os fumadores de charutos.

– *Antônio Carlos* – pediu Ambrósio depois de um prolongado silêncio –, *observe isto!* – e mostrou o lado esquerdo da mesa.

Um grande rato comia um talo de galho seco. Jair viu o rato e não se importou. Perto do rato, uma travessa feita de bambu.

---

1 N.A.E.: Desencarnados, se estão vagando e não têm compreensão da vida desencarnada, sentem o odor que emana do ambiente; desencarnados estudiosos, conscientes do seu estado, sentem o odor, se quiserem. Naquele local bonito, mas de baixa vibração, quis sentir o odor para entender melhor os acontecimentos.

Ambrósio aproximou-se do recipiente e observou as folhas que estavam nele.

Jair acabou de colocar pelo salão os objetos que trouxera.

— Para amanhã, tudo pronto! — exclamou em tom alto.

Acendeu um fósforo na vela, depois apagou-a com um sopro e saiu. O vigia desencarnado, que o tempo todo ficou a observá-lo, saiu na frente para verificar se não havia ninguém pelos arredores. Ao sair da gruta, o fósforo de Jair apagou, mas ele não se deu ao trabalho de acender outro. Caminhando rápido na escuridão da noite, desceu o rochedo e tomou o rumo da aldeia.

— *Vamos sentar aqui um pouco* — convidou Ambrósio. — *Jair certamente irá para sua casa, logo iremos ter com ele. Antônio Carlos, você viu aquelas folhas? São de coca, planta da qual se extrai a cocaína.*

— *Bem estranho!* — comentei. — *Gostaria que me contasse o que viemos fazer aqui. Vim com você para ajudarmos Sara e até agora não a vi.*

— *Você a conhecerá dentro de pouco. Apesar de que, sempre ao ajudarmos alguém, esta ajuda envolve muitas pessoas.*

— *Certamente* — respondi compreendendo. — *Jair deve estar entre estas outras pessoas. O garoto é um menino raro, poucas vezes vi corrente fluídica como a que circula pela sua aura. Se ele souber projetá-la, pode fazer muito mal.*[2]

---

2 N.A.E.: Pessoas com muita negatividade podem por maldade projetar esta nocividade em outro ser, seja humano, animal, e até no vegetal, prejudicando muito. Também podem projetar sem maldade, sem querer, prejudicando também. Muitos chamam esta energia negativa de quebranto, inveja, feitiço mental etc. Porém não a pegamos se vibramos no bem. Orações sinceras nos protegem destas energias, como também benzeduras, bênçãos e passes. Não devemos cultivar a negatividade, porque pessoas assim prejudicam primeiro a si mesmo. A energia negativa não nasce do cosmo. O que faz esta energia ser chamada positiva ou negativa é

– *É nosso objetivo impedi-lo* – explicou Ambrósio. – *Jair é filho de Sara, espírito que quero bem. E este menino a está preocupando muito. Pediu, com fé a Deus, e aqui estamos para ajudá-la.*

– *Voltaremos à gruta?*

– *Não, vamos à casa do garoto; amanhã cedo voltaremos a este esconderijo.*

– *É de fato um perfeito esconderijo* – concordei. – *Um lugar de difícil acesso, a entrada bem escondida.*

– *Um capricho da natureza! É um lindo lugar!* – exclamou Ambrósio.

– *Este lugar é conhecido?*

– *Acredito que não. Este rochedo tem fama de assombrado e aqui quase todos temem o sobrenatural. Alguns sabem que a gruta existe, mas não sabem onde fica e os poucos que sabem aqui não vêm. Esta furna tem o nome de Gruta dos Demônios e este rochedo chama-se o Rochedo dos Amantes.*

– *Gostaria de ver melhor este lugar.*

– *Vamos, Antônio Carlos, Jair deve estar chegando em sua casa.*

Volitamos até a casa dele e chegamos juntos. Ao nos aproximarmos do menino, ele passou a mão na testa, pressentindo algo que para ele era desagradável.[3]

---

a direção ou uso mental que fazem dela. O espírito já evoluído espiritualmente, mesmo estando num corpo jovem, não tem instinto agressivo latente. Por esta razão, essa energia negativa, no caso dele, num corpo jovem, está latente num espírito potencialmente possessivo, egoísta e agressivo. Então inconscientemente esta vibração se torna negativa.

3 N.A.E.: Quando nos acostumamos ou afinamos com determinado tipo de fluido, um outro diferente pode parecer desagradável. A algumas pessoas o fluido negativo prejudica; estas, ao receberem fluidos benéficos, sentem-se bem. No entanto, Jair se afinava com os fluidos inferiores e o nosso, benéfico, não lhe era agradável.

Vendo a aldeia de perto, a impressão era a mesma. Lugar lindo, mas triste e monótono. Ninguém na rua, somente o vento suave movia algumas folhas. Muitas estrelas no céu cintilavam, mas esta beleza parecia ser indiferente aos habitantes. Tudo parecia dormir.

Jair entrou silencioso em casa, lavou as mãos e pegou um prato de comida que estava em cima do fogão a lenha. Sentou-se e se pôs a comer. Na casa de três cômodos, estavam todos os moradores. Ambrósio tratou de identificá-los.

– *O pai de Jair, Jacó, os irmãos Aldo e Mílton. Esta é Sara, sua mãe.*

Sara estava envelhecida precocemente como o marido, pele ressecada pelo sol e pelo excesso de trabalho. Os cabelos eram quase todos brancos, não tinha dentes, as mãos eram calejadas e grossas. Estava costurando uma peça de roupa já gasta. Mas tinha traços bonitos e estava preocupada.

– Onde estava, Jair? – indagou a senhora ao filho.

– Só pode ser no Rochedo dos Amantes – comentou Aldo.

Jair olhou carrancudo para o irmão, o que o fez se calar.

– Por aí, mãe – respondeu Jair.

– Meu filho – disse a senhora –, sabe que me preocupo com você, andando à noite pelo rochedo.

– Conheço tudo ali muito bem – justificou Jair. – Depois, estou protegido.

– Ora, protegido por quem? Sempre fala que está protegido e nunca vi ninguém com você – gracejou Mílton, o caçula.

Desta vez, Jair não achou ruim o comentário. Olhou para o irmãozinho com carinho, demonstrando ser a única pessoa a que de fato queria bem. Porém não respondeu à indagação e falou menos sério do que de costume:

— Aqui está uma bolinha de gude pra você.

— Oba! Obrigado!

— Onde a achou, meu filho? — perguntou a mãe.

— Achei-a na praia — resmungou Jair, ficando carrancudo novamente.

— Na praia? Bem, se é assim, pode ficar com ela. Se fosse por aqui, teria dono — ressaltou a mãe.

Jair acabou de comer, sentou-se ao lado do pai. Mas logo após veio a ordem de Jacó:

— Vamos dormir!

Obedeceram a ordem de imediato. Logo todos estavam acomodados em seus leitos. Sara deitou-se e começou a orar. Sua prece sincera fluía por toda casa em vibração de amor. Jair incomodou-se, remexeu-se inquieto no leito. Teve vontade de pedir para a mãe parar de rezar, mas não ousou, tinha medo e respeito pelos pais.

Sara, como boa mãe, se preocupava com os filhos, com os ausentes e com Jair. Este a inquietava sem saber bem por quê. Talvez porque ele se isolava muito no rochedo mal-assombrado, também porque dizia sempre que ia ser rico e não queria trabalhar com o pai. Jair lhes dizia trabalhar na Casa Verde, a propriedade grande do outro lado do rochedo. Não sabia se era verdade, porém o filho lhe dava todo mês uma quantia de dinheiro que dizia ser seu salário. Sentia que algo de errado acontecia com ele. Orava, pedindo proteção a Deus.

Ambrósio aproximou-se dela, delicadamente afagou seus cabelos. Cansada do dia exaustivo de trabalho, Sara adormeceu.

Saímos da casa e paramos na rua.

– *Vamos à igreja* – convidei meu companheiro. – *Gostaria de vê-la.*

CAPÍTULO 2

A velha igreja

Era mais uma capela que igreja. Pequena, singela, mas pelo tamanho da vila era grande. Construída fazia muito tempo, esperavam talvez que o povoado crescesse. Logo na entrada, fixada na porta a informação:

"Padre Anderson só vem no primeiro domingo de cada mês. Missa às oito horas, logo após, batizados e casamentos."

Entramos. Chão de cerâmica bege-claro, paredes brancas e com poucos adornos. Duas filas de bancos, uma de cada lado, um pequeno confessionário, dois nichos laterais, um com a imagem de Jesus e o outro com a de Nossa Senhora Aparecida. O altar de madeira, tudo simples, coberto com uma toalha branca. No centro, a imagem de Santa Bárbara. Uma verdadeira obra de arte, os traços da santa eram de grande beleza, olhar expressivo e doce, sorriso meigo. Media oitenta centímetros. Era obra de um verdadeiro artista, porém, anônimo. Estava a imagem com um manto de veludo azul-celeste e bordado de dourado.

A igreja estava deserta para os encarnados, porém ali permaneciam muitos desencarnados. Oramos em silêncio. Lugares que reúnem principalmente encarnados para orar sempre nos convidam, a nós desencarnados, a orar também. A oração sincera envolve aquele que reza de energia benéfica e muitas vezes de luz. Aconteceu conosco ali, naquele local, que muitos encarnados chamam de casa de Deus. No entanto, para mim o universo todo é a morada de nosso Pai.

Os desencarnados que ali estavam se assustaram. Primeiro viram a luz, depois nos tornamos visíveis a eles. Alguns tentaram até fugir, mas curiosos ficaram observando, enquanto que outros pediam ajuda aos gritos.

– *Ajudem-nos, enviados de Deus!*

– *Acudam-nos, bons anjos!*

– *Socorra-nos, São José!*

Quinze desencarnados se aproximaram de nós em súplica.

– *Calma, por favor!* – pediu bondosamente Ambrósio. – *Não somos santos ou anjos! Nada mais somos que espíritos laboriosos no bem. Somos, como vocês, desencarnados vivendo sem o corpo físico.*

Nesse instante, uma jovem senhora soluçou alto e uma outra já idosa explicou:

– *É Hortência, por mais que eu lhe diga que morreu, ela não acredita em mim. E já faz três anos! Morreu de parto, ela e a criança.*

– *Calma, minha filha!* – Ambrósio colocou a mão em sua cabeça, ela parou de chorar e foi se acalmando.

Hortência estava suja, descalça e despenteada. Era o aspecto de quase todos ali, desorientados e não entendendo o que acontecia.

– *Como morri?* – indagou Hortência, voltando o olhar triste para Ambrósio. – *Sinto-me viva, tenho dores, fome, tenho medo dos demônios. Ninguém de minha casa me vê, nem meu marido, que dizia me amar, aquele ingrato! Isto é obra dos demônios do rochedo. Claro que é! Não morri nada!*

Meu amigo nada respondeu, colocou-os sentados nos bancos. Eles nos olhavam com esperança, mas também temerosos. Alguns gemiam de dores, sofriam.

Tratei logo de ajudá-los, aliviando as dores maiores.[1]

Este grupo de desencarnados estava muito maltratado. Além dos reflexos das doenças corporais que os levaram à desencarnação, havia em quase todos marcas de torturas no corpo perispiritual. Ficaram quietos nos observando. Quando acabamos, Ambrósio veio à frente deles e falou brandamente:

– *Meus irmãos, somos todos criados por Deus, temos um único Pai, portanto somos todos irmãos. E como tais, devemos*

---

1 N.A.E.: Ajudamos. Devemos fazer sempre o bem da maneira que sabemos quando defrontamos com a oportunidade de auxiliar. Muitos trabalhadores desencarnados, neste caso, usam de medicamentos que trazem das Colônias ou Casas de Socorros. Mas, como não trouxemos medicamentos, fomos dando passes. Usamos da nossa vontade de ajudar com conhecimentos e experiências para amenizar as dores mais fortes. Estes desencarnados necessitados de auxílio são ainda tão ligados à matéria, que precisam, quase todos, ser tratados como encarnados. Os medicamentos feitos nas Colônias são próprios ao perispírito, roupagem que nós, desencarnados, usamos enquanto vivemos no Plano Espiritual da Terra.

amar e respeitar um ao outro. O amor Dele por nós é infinito e grande é Sua misericórdia. Para aprendermos a amar, Deus nos deixa ajudar um ao outro em Seu nome. É a criatura acudindo a criatura, os mais felizes ajudando os que temporariamente estão infelizes, dando-nos a oportunidade de praticar a caridade que nos leva ao caminho do purificado amor. Quando choramos em sofrimento, devemos pensar se não fomos motivo de outros chorarem. O que fazemos de bom ou mau a nós retorna como dores ou felicidades. Devemos pedir perdão a quem ofendemos e a Deus por não termos vivido seus ensinamentos. Perdoar todos que serviram de instrumento para nosso reajuste. Vamos orar ao Pai Supremo.

Meu companheiro fez uma pequena pausa e, fechando os olhos, suplicou ao Senhor:

– Dai-nos, ó Pai, a bênção do recomeço! Dai-nos a coragem para plantar a boa semente e a vontade de semear o bem e o amor! Dai-nos o entendimento para reconhecer que estamos sempre vivos. É como desencarnados que queremos ter nova morada. Não queremos ficar mais assim confusos e temerosos. Ajudai-nos, ó Pai celeste! Socorrei-nos agora nesta hora de dor e angústia. Em Vós confiamos, Pai Amado!

Ambrósio calou-se, ergueu os braços para o alto sintonizando com os socorristas da Colônia, a quem pediu ajuda.

Quase todos ali na velha igreja choraram baixinho ao escutar a prece sincera e comovida, que com humildade meu companheiro fez, como se fosse para ele o pedido de auxílio. Era a oração que aqueles infelizes queriam fazer sem, contudo, conseguir pronunciá-la.

– Ó, meu Deus! – ajoelhou-se uma senhora com as mãos postas e rogou entre soluços: *– Leva-nos pelo menos, Pai, para*

o Purgatório, pois embora estando aqui, numa igreja, estamos num inferno aterrorizante.

Muitos deles começaram a orar alto e os pedidos eram os mesmos, de piedade, auxílio e clemência. E o socorro veio. Um aeróbus parou na porta da igreja e vários trabalhadores dedicados desceram, vindo até nós.

Treze, dos quinze do grupo, choravam agradecidos sentindo o término de seus padecimentos; foram encaminhados até o nosso meio de transporte. Seriam levados à Colônia onde se restabeleceriam. Mas dois homens do grupo, que desde a nossa chegada ficaram quietos, observando sem participar, disseram não querer ir, embora tivessem sido medicados e suas dores aliviadas. Um socorrista chamou o orientador da equipe, que gentilmente veio até eles e olhando para um deles indagou:

– *Não quer ir conosco, amigo?*

Era um senhor bem moreno que tinha pelo corpo perispiritual muitas queimaduras. Bastou essa demonstração de amizade para que ele chorasse como criança.

– *Tenho medo, senhor. Tenho medo! Fui mau e perverso e agora tenho os demônios a me torturar. Sou escravo deles e se lhes desobedeço sou torturado. Prefiro obedecer-lhes. Olhe para mim, não vê as marcas dos meus castigos? Se eles me chamarem, devo ir ao rochedo ou à gruta, se não for, saberão que fugi e então irão atrás de mim. Quando me pegarem, serei castigado. Não quero, não aguento mais o ferro quente no meu corpo. Sei que morri, mas estou vivo para pagar pelos meus erros. E pela eternidade terei que sofrer...*

– *Meu filho* – disse este agregado trabalhador, abraçando-o –, *Deus, nosso Pai, não castiga seus filhos. Somos castigados temporariamente pela nossa consciência culpada. Você já pediu perdão a Deus? Peça, meu amigo! Peça com sinceridade e terá a alegria de ser perdoado. Não tema os demônios, eles são nossos irmãos perdidos no caminho do mal. Eles também serão encaminhados ao bem quando pedirem perdão e quiserem se modificar.*

– Mas se eles me acharem? Até vocês, tão bondosos, serão também castigados. Eles nos dizem sempre que são mais fortes que os próprios anjos – o homem se preocupou.

– Não, meu amigo, o mal nunca é mais forte que o bem. Eles foram criados, como nós, por Deus, e não foram predestinados ao mal, estão, sim, no caminho errado que escolheram, mas chegará um dia em que, cansados da vida que levam, procurarão a luz. Não tema por nós, eles não podem nos fazer mal. As trevas são dispersadas com a luz. Para onde será levado, você não os escutará e nem eles poderão encontrá-lo. Haverá o abismo do perdão Divino a separá-los.

– Se eles nada puderem fazer contra vocês, irei. Que Deus tenha piedade de mim e me perdoe. Eu perdoo a todos!

Sorriu, como talvez há muito não fazia. Aquele desencarnado despiu o egoísmo, pensando mais em seus irmãos que nele, pediu perdão, perdoou e a esperança brilhou para ele.

Um dos trabalhadores, jovem, simpático e atencioso, que observava com atenção, sorriu diante da lição ouvida, aproximou-se do outro desencarnado que se recusou a ir e convidou-o:

– Vamos também, amigo?

– Não sou amigo de ninguém – respondeu ríspido. *– Não quero ir.*

– Mas não ouviu o que nosso orientador disse? Nada tem a temer – insistiu o moço amigavelmente.

– Não quero ir, prefiro ficar aqui.

– *Mas vai continuar a sofrer* – elucidou o socorrista.

– *Não me amole!* – repetiu o desencarnado de modo brusco. Levantou-se e saiu tomando rumo oposto ao do aeróbus. O jovem trabalhador olhou e indagou seu orientador, indignado com a negativa do outro.

– *Não vamos atrás dele?*

– *Não, Gregório* – explicou delicadamente o orientador. – *Ele recusa nosso auxílio. Chegará a hora do socorro para ele como chegou para estes. Não seria prudente levá-lo à força sem que se arrependesse, sem que pedisse perdão por seus erros e perdoasse. Achará este irmão no futuro a ajuda que lhe é necessária. Mas agora deixemo-lo, se prefere ficar assim. O sofrimento para ele não será castigo, como para todos nós não o é, mas sim um reajuste que nos impulsiona para o progresso. Vamos* – convidou o orientador do grupo a todos –, *partamos sem demora, ainda temos muito trabalho.*

Ambrósio e eu despedimo-nos carinhosamente daqueles abnegados socorristas. O aeróbus partiu. Acenamos um adeus. E ali, na porta da igreja, ficamos diante da noite estrelada e encantadora.

– *Senhores, por favor!* – informou, sorrindo contente, Gregório, um dos socorristas. – *Estava na igreja vendo a santa. Fiquei impressionado com aquele homem que se negou a ser socorrido. Como nosso orientador disse que não poderíamos ir atrás dele, pensei que os senhores iriam. Assim, meu bondoso orientador me permitiu aqui ficar e acompanhá-los.*

Ambrósio e eu nos julgávamos sozinhos e Gregório saiu da igreja falando sem parar. Ele sorriu, mostrando os dentes perfeitos. Era um negro extremamente agradável e bonito. Deveria ter desencarnado entre os trinta e trinta e cinco anos. Estendeu-nos a mão e continuou a falar:

– *Gregório, muito prazer!*

Respondemos o cumprimento, sorrindo também.

– *Deduziu certo, iremos atrás daquele senhor* – afirmou Ambrósio.[2] – *Mas não o forçaremos, estamos aqui por outro motivo.*

– *Que bom!* – exclamou Gregório e continuou a sorrir. – *Fiquei deveras intrigado com aquele sujeito. Tenho só dois anos de trabalho e nunca vi nada igual. Desencarnei há três anos. Fui um artista e sou um desenhista. A escultura de Santa Bárbara me chamou atenção. Quero ajudá-los! Certamente não sou treinado como os senhores. Como vocês. Permitem chamá-los de vocês? Obrigado! Farei o que me mandarem, sou bem esperto e tenho boa vontade em aprender. A psicologia nos ensina que muitas pessoas são masoquistas e, pelo visto, depois que desencarnam continuam as mesmas. Aquele homem estava com tantos sinais de torturas e...*

– *Ninguém se liberta de seus vícios sem vencê-los, se não procurar ajuda e cura. Não diferimos muito do que fomos quando encarnados. O espírito é o mesmo. O encarnado se reveste do corpo carnal e o desencarnado, do perispírito. Não podemos dizer que aquele senhor é masoquista sem analisá-lo. Deve ter ele seus motivos para ter recusado auxílio* – elucidou Ambrósio.

Ambrósio e eu trocamos um olhar e sorrimos. Havíamos encontrado um companheiro expansivo e eloquente que certamente falaria por nós dois juntos. Ele também sorriu, encantado por ter ficado conosco e prosseguiu, contente:

---

2 N.A.E.: Espíritos evoluídos usam para comunicar-se a telepatia, porém, se algum espírito presente não sabe fazer uso deste processo, usa-se a fala, como os encarnados. Às vezes, diálogos entre Ambrósio e mim eram feitos pela telepatia. Com Gregório conversamos como fazem os encarnados.

– *Já sabem aonde ele foi? Vamos volitar? Sei volitar, não se preocupem comigo, seguirei os senhores, digo, vocês.*

– *Gregório* – disse –, *temos o prazer de tê-lo conosco. Será sem dúvida de muita utilidade. Volitaremos, sim. Sabemos com certeza aonde aquele senhor foi.*

Volitamos até a grande pedra da entrada da gruta. Chegamos antes do desencarnado que recusou a ajuda, mas logo o vimos andando como os encarnados, chegou ofegante e cansado. Ele não sabia volitar, para saber é necessário aprender. Volitar não é privilégio de bons, mas sim de quem sabe. Parou perto da entrada e assobiou chamando o guarda conhecido nosso. Este assobio foi ouvido pelos desencarnados. Ruídos, conversas de desencarnados dificilmente encarnados ouvem, mas isto pode acontecer com os médiuns e até, às vezes, com qualquer encarnado.

Nós três observamos silenciosos, os dois não nos viram.

– *Que é, Bidô? Aqui sem ser chamado?* – perguntou o guarda com desprezo e com a voz grossa e desagradável.

Ficamos sabendo o apelido do desencarnado que tanto intrigou Gregório.

– *Tenho algo muito importante a contar ao chefe. Chame-o para mim.*

– *Você não está blefando? Chamar o chefe à toa é castigo dos grandes. Chamarei Xampay, ele resolverá. Entre...*

Entramos também. A caverna estava com a claridade de uma vela, quase não se via nada. Para os encarnados estaria na completa escuridão. No Plano Espiritual estava aceso um holofote preso na parede. Para nós três, desencarnados com entendimento, o local estava claro o suficiente para vermos tudo. Treinamos nossa visão perispiritual para enxergar melhor no escuro.

O guarda foi até um crânio, que enfeitava o lugar. Estava num canto e ele o virou para a esquerda. Esperamos. Bidô estava nervoso e impaciente, o guarda sorria de modo estranho. Não demorou muito, cinco minutos, cinco desencarnados chegaram. Gregório acomodou-se no meio de nós dois, segurou em nossas roupas. Olhei tranquilamente nosso recente amigo, pedi calma, não ia ter perigo. Mais aliviado Gregório ensaiou um sorriso, mas os recém-chegados causariam horror a quem não estivesse acostumado.

Xampay era certamente o braço direito do chefe. Com voz arrogante, perguntou ao guarda:

— Que aconteceu? Por que nos chamou?

— *Foi ele quem pediu, Xampay* — informou o guarda, mostrando Bidô. — *Não tenho nada com isto. Disse ter coisas importantes para contar.*

— *Que você quer, idiota? Um simples escravo quer falar comigo! Sabe quem eu sou?*

Bidô tremeu todo, mas aventurou-se indo para a frente dele e tratou logo de explicar:

— *Estava com os outros na igreja, quando chegaram dois forasteiros, que engambelaram os outros, e, com a ajuda de um grupo, todos foram levados numa espécie de avião para uma tal Colônia.*

— *Quê?! Mas quem fez isto?* — indignado, Xampay nervoso quis saber.

— *Não sei, dois estranhos.*

Fez-se um silêncio horripilante. Xampay era forte, assustava até seus companheiros. Usava roupas de couro preto, no tórax, um colete. Tinha várias correntes douradas no pescoço. Por mais que estes desencarnados tentem disfarçar, podem dar calafrios nos que não vibram como eles. Os olhos dele eram avermelhados, seu olhar maldoso, seus modos bruscos e raivosos. Os outros quatro olharam para Xampay como que prontos a obedecer a qualquer ordem. Estavam vestidos de maneira diversa e extravagante, mas estavam sujos e enfeitados demais. Sorriam zombeteiros e cínicos com olhares maldosos e ávidos por confusão.

A voz de Xampay soou como trovão:

– *Por que só agora veio me avisar? Por que não nos avisou quando entraram na igreja?*

– Fiquei curioso para ver o que aconteceria. Não me preocupei com isto, já que podem ir atrás deles e buscá-los.

– *Ir atrás deles? Está doido? Como ir até uma Colônia? Idiota! Agora certamente já sabem que estamos por aqui.*

Bidô tremia, quase não conseguia falar, tentou explicar aflito:

– *Mas vocês sempre disseram que iriam nos buscar em qualquer lugar. Tomei cuidado e ninguém me seguiu, foram todos embora no tal veículo.*

– *Castiguem-no!* – Xampay ordenou colérico.

– *Não, por piedade! Não fugi e vim avisá-los!*

Dois deles, indiferentes aos seus rogos, pegaram-no e o levaram para trás da mesa, que servia de altar. Bidô gritava horrorizado. Gregório deu dois passos, largando-nos, mas voltou não sabendo o que fazer. Ambrósio saiu da gruta, subiu rápido na pedra de entrada e fez um enorme barulho. Todos que estavam na caverna quietaram, olharam um para o outro e saíram apressados. Corremos, Gregório e eu, para perto de Bidô. Ele estava amarrado, apavorado, olhando para um ferro com pontas que estava no chão ao lado dele. Neste canto do salão, havia muitos aparelhos de tortura, cordas e correntes de materiais usados por desencarnados. Encarnados não os veem. São na maioria plasmados por desencarnados maus, feitos com matéria do Mundo Espiritual.

– *Gregório* – pedi –, *torne-se visível a ele e pergunte-lhe se agora ele deseja ir com você.*

Gregório se fez visível a Bidô, que, assustado, sussurrou gemendo:

– *É o senhor, meu amigo?*

– *Então, mudou de ideia? Sabe agora que o bem é mais forte? Quer vir comigo?*

– *Sim, pelo amor de Deus, me leve daqui. Eu peço perdão a Deus, perdoo a todos. Leve-me com o senhor, meu amigo* – suplicou desesperado.

– *E agora, Antônio Carlos, que faço?* – Gregório me perguntou baixinho.

– *Volita com ele até o Posto de Socorro.*

Gregório o abraçou, deixando que a cabeça dele se apoiasse no seu ombro forte. Amparei os dois e volitamos. Ao sair da gruta, deixei-os e os dois foram embora. O grupo desencarnado revistou todos os lugares do rochedo. Ambrósio os vigiava. Comentaram entre si:

– *Não estou gostando disso!*

– *Irei avisar o chefe.*

– *Deve haver abelhudos por aqui!*

Voltaram à gruta e logo escutamos Xampay ordenar:

– *Bidô sumiu! Procurem-no rápido! Um para cada lado!*

A procura foi rápida, logo desistiram. Reuniram-se e partiram talvez à procura do chefe. Somente o guarda ficou à entrada assustado e atento.

– *Gregório levou Bidô para o Posto de Socorro* – avisei a Ambrósio. – *Essa gruta é uma verdadeira sala de torturas!*[3]

– *Bem* – propôs Ambrósio –, *esperemos pelo chefe, que certamente virá logo. Vamos conhecê-lo. Não vamos entrar mais na gruta. O chefe deles deve ser um espírito com mais conhecimentos e irá perceber nossa presença.*

Sentamos a uns duzentos metros da entrada e aguardamos. Em menos de dez minutos uma falange de cinquenta desencarnados entrou na gruta.

– *O chefe está bem acompanhado. Devemos ter cautela. Vamos a um lugar mais sossegado e...*

Ambrósio nem acabou de falar, quando chegou até nós um pedido desesperado de socorro vindo da gruta.

– *É Gregório!* – exclamamos juntos.

– *Está na gruta!* – concluiu Ambrósio.

– *O mocinho voltou para lá* – concluí.

– *Vamos tirá-lo de lá e já* – determinou meu amigo. – *Tentaremos fazer com que eles não nos vejam. Antônio Carlos, faça um grande barulho aqui. Vou lá dentro.*

Tratei logo de fazer barulho. Imitei a voz de Bidô e chamei por socorro.

– *Socorro! Sou Bidô! Acuda-me, querem me pegar! Perseguem-me! Socorro!*

---

3 N.A.E. Isto não acontece em todas as grutas e cavernas, nesta história ocorreu em uma, mas podia bem ser em qualquer local.

Mas o chefe era esperto. Somente um grupo de vinte desencarnados saiu da gruta e se pôs a procurar o dono da voz. Não achando, enfureceram-se e começaram a gritar.

– *Onde está?*

– *Apareça, imbecil!*

Um deles, parecendo chefiar a pequena excursão, disse a um outro:

– *Vá e diga ao chefe que não encontramos ninguém. Vamos ficar na entrada. Todos atentos!*

Aguardei uns minutos. Aí vi Ambrósio volitar com Gregório, segui-os. Dirigimo-nos a um Posto de Socorro localizado no Plano Espiritual da cidade vizinha. Fomos recebidos com carinho. Acomodamo-nos numa sala. Gregório estava assustado, mas logo se refez e contou:

– *Desculpem-me! Trouxe Bidô para este Posto e pensei em voltar para me despedir de vocês. Voltei, mas ao lugar errado. Deveria ter concluído que vocês sairiam dali. Quando vi a gruta cheia de desencarnados mal-intencionados, fiquei com medo e tentei sair; não consegui, então pedi socorro, chamei por vocês. Você, Antônio Carlos, conseguiu me enganar, pensei que Bidô tivesse voltado. Senti-me gelar quando o chefe mandou somente uns para fora da gruta. Aí senti meu companheiro perto de mim, segurei forte sua mão. O chefe falava coisas macabras e pulava de um lado a outro. Apavorei-me tanto que não consegui sair do lugar. Ambrósio me ordenou: "Confie e pense em Jesus!" Concentrei-me na imagem de Jesus e adquiri confiança. Ambrósio projetou no lado oposto ao que estávamos uma imagem. Todos ali, inclusive o chefe, voltaram a atenção para essa imagem e Ambrósio me amparou, volitamos e saí aliviado daquele lugar. De quem era aquela imagem?*

Meu amigo sorriu e bondosamente elucidou Gregório:

– *De ninguém em especial. Usei um velho truque projetando uma imagem para desviar a atenção deles e sair com você. Perceberam uma presença estranha na gruta, tentaram localizar e você se apavorou. É por isto, Gregório, que, para trabalhar com desencarnados assim, que seguem temporariamente as trevas, devemos ser treinados e ter conhecimentos. Porque, meu amigo, não devemos subestimar as forças maldosas e nem temê-las, mas sim aprender a lidar com elas. Aprendizes estão sempre acompanhados por um instrutor e somente devem enfrentar um grupo assim quando sabem que são capazes.*

– *O chefe me acharia?* – inquiriu Gregório preocupado.

– *Sim, se você não retornasse à sua autoconfiança. Porém seu pedido de socorro seria ouvido; se não fôssemos nós, seria outro grupo de socorristas a ajudá-lo. É também por cautela que os desencarnados que trabalham na crosta nunca saem sem que outros companheiros da Colônia, Posto de Socorro ou Centros Espíritas saibam onde estão.*

– *Que aventura! Que emocionante! Quero contar tudo aos meus amigos!* – exclamou Gregório, voltando a sorrir feliz.

– *Deverá contar também* – aconselhou Ambrósio – *que aprendeu uma preciosa lição. Não se meter mais sozinho onde pode ser perigoso.*

Bateram na porta e um trabalhador entrou com Bidô já limpo e medicado, ele falou encabulado:

– *Ao saber que estavam aqui, quis agradecer-lhes. Vocês são anjos?*

– *Não* – explicou Ambrósio sorrindo. – *Somos desencarnados como você, mas trabalhamos ajudando a outros e, se você quiser, logo poderá estar sendo útil também.*

– *Obrigado!*

– *Por nada* – respondemos Ambrósio e eu.

Gregório observava-nos. Dirigiu-se a Ambrósio.

– *Gostaria de fazer umas perguntas a Bidô.*

– *Se ele quiser responder, tudo bem.*

– *Claro* – concordou Bidô –, *pergunte o que quiser, moço.*

– *Por que vagava por ali?*

– *Bem, cometi muitos erros quando estava encarnado. Tinha um pequeno negócio e me achava o dono absoluto de tudo, até dos meus empregados, que eu humilhava por saber que necessitavam do emprego. Não tive religião, não fiz o bem e desencarnei. Fiquei perturbado no início e vaguei pela minha ex-propriedade. Essa falange pega desencarnados que vagam por toda a redondeza, e eu fui pego e me tornei escravo deles.*[4]

– *Não pensou em Deus? Em pedir ajuda?*

– *Pensei que estava no inferno e que seria eterno meu castigo.*

– *Mas vocês iam à igreja* – lembrou Gregório.

– *Sim, ali íamos quase todas as noites. Quando havia culto, saíamos, assim ordenava o chefe da falange. Era difícil orarmos. Lá conversávamos nos lamentando. Quando a falange precisava de nós, eles nos chamavam até a gruta e íamos correndo. Sofri muito.*

– *Agora pode ir, Bidô. Aprenda a orar com fé, seja obediente e será feliz* – aconselhou Ambrósio.

---

4 N.A.E.: Desencarnados que vagam como Bidô podem ser pegos para servir de escravos. O mesmo acontece a outros que podem até pensar em Deus e pedir ajuda, mas não o fazem com sinceridade, e nem estão arrependidos; a maioria não reconhece seus erros.

– Já estou feliz pelo socorro e pelo perdão. Deveria imaginar que Deus é bondoso demais para não nos castigar eternamente. E acho que não é Ele que nos castiga, sofri pela minha consciência pesada. Obrigado novamente!

– Concluiu certo, Benedito – completou Ambrósio, chamando-o pelo seu nome. – Deus não nos castiga ou premia, nós é que fazemos por merecer a felicidade ou sofrimento.

Bidô saiu, Gregório dirigiu-se a Ambrósio.

– Por que vocês aceitaram o agradecimento dele? Quando fazemos o bem a outro não fazemos a nós mesmos?

– Sim, Gregório, porém, devemos ser gratos. A gratidão é uma manifestação de amor. Se nós devemos ser gratos, por que não ensinarmos outros a ser? Devemos aceitar agradecimentos, mas não exigir. Não ajudamos Bidô? Não exigimos nada dele, se ele agradeceu por educação ou porque sentiu-se realmente grato, devemos aceitar e responder com delicadeza o agradecimento.

– Que estranho existirem escravos desencarnados! Por quê? – indagou Gregório, curioso.

E Ambrósio elucidou:

– Jesus nos recomendou a prudência, que construíssemos nossa casa sobre a rocha, ou seja, que cuidássemos, com toda atenção, da parte verdadeira, a espiritual. Mas muitos imprudentes vivem a existência encarnada sem dar atenção à parte espiritual e, quando desencarnam, porque todos desencarnam, se veem em apuros. Vagam pelos lugares onde viviam encarnados ou pelo Umbral. Alguns desencarnados infelizes têm consciência da desencarnação e também possuem conhecimentos. São ávidos de poder e fazem escravos, pegando *os desencarnados que vagam, para serem servidos por eles. Também há escravos por outros motivos.*

— Se eles tivessem pedido ajuda, já teriam sido socorridos? — quis saber nosso jovem amigo.

— Somente se o pedido tivesse sido sincero e se eles quisessem mudar a forma de viver. Foi por isto que eu orei por eles na igreja.

— Ora — Gregório indignou-se —, *estes desencarnados maus fazem muitos sofrerem. E eles? Não sofrem? Parecem alegres.*

— Gregório — continuou Ambrósio a elucidá-lo —, *quem disse que eles não sofrem? Aparentar alegria não quer dizer ser feliz. Eles se sentem longe de Deus e esta suposta ausência lhes dá uma insatisfação muito grande. Depois, meu caro, temos que dar conta um dia dos nossos atos, bons e maus. Sabem disto e a maioria se preocupa. Eles também são necessitados de auxílio.*

— Já entendi — observou Gregório alegre. — *Vocês vão ajudá-los. E eu quase estraguei tudo. Peço-lhes desculpas novamente. Mas posso tentar consertar meu erro. Pedirei ao meu instrutor permissão para ficar com vocês. Darei recados, levarei e trarei desencarnados, como Bidô, é claro. Prometo não me meter mais em encrencas.*

Ambrósio e eu nos olhamos sorrindo. A alegria e o entusiasmo de Gregório eram contagiantes. Seria uma boa oportunidade para ele adquirir conhecimentos. Como eu estava ali para acompanhar Ambrósio, caberia a ele decidir e fiquei contente quando ele opinou:

— Se prometer prestar atenção, pode ficar.

— Ótimo! — disse Gregório. — *Que faremos agora?*

Rimos felizes.

CAPÍTULO 3

O Rochedo dos Amantes

— *Voltemos ao rochedo, porém não iremos agora à gruta* — determinou Ambrósio.

Pela volitação, em instantes, chegamos ao rochedo. Tudo estava quieto, alguns desencarnados guardavam a gruta. Sentamos longe da entrada. Para os encarnados o rochedo estaria escuro, mas nós víamos tudo. O lugar era realmente lindo.

— *Aparentemente o chefe do bando não se importou com a perda de seus escravos. Mas colocou mais guardas na gruta* — observei.

— *Com tantos imprudentes, não é difícil conseguir mais escravos na Crosta* — disse Ambrósio.

– *Este lugar é muito bonito!* – exclamou Gregório –, *mas falta alguma coisa, ou algo errado se passa ou passou aqui. É tão estranho, me dá uma sensação de inquietude.*

– *Não é para menos* – admiti. – *Temos aqui um local de trabalho de desencarnados maus. Seus fluidos grosseiros se espalham por toda a região circunvizinha. Existe fama de ser mal-assombrado e tem um nome bem característico: Rochedo dos Amantes. Muitos acontecimentos devem ter impregnado este lugar de fluidos, e não são bons.*

– *Muito interessante!* – contou nosso jovem acompanhante. – *Não faz muito tempo, tive uma aula de Psicometria. Estudamos a impressão marcada num objeto. Pelo nosso estudo vimos o dono do objeto e como era seu caráter. Gostaria de ver o que se passou nestas pedras.*

– *Vamos ver, ajudo você* – ofereci também querendo ver se naquele lugar teria acontecido algo que nos interessasse –, *a Psicometria não é um processo fácil e poucos sabem, sejam encarnados ou desencarnados. Quando se aprende, basta concentrar-se num objeto, num lugar, para conhecer a história do objeto ou os acontecimentos que sucederam no local.*

Concentramo-nos e o passado se revelou. Vimos os acontecimentos registrados naquele lugar tão bonito. Uma tragédia em 1773. Um grupo de escravos fugiu e se escondeu ali. Foram caçados com violência entre as pedras, surrados, violentados e assassinados. As pedras tingiram-se de sangue.

Gregório franziu o rosto.

– *Meu Deus, que horror! Não vejo nenhum desencarnado desta tragédia aqui, mas as cenas ficaram.*

– *Gregório* – elucidou Ambrósio –, *de fato nenhum espírito envolvido neste acontecimento ficou aqui, seguiram sua jornada evolutiva. Tudo que acontece na Terra tem seus principais fatos gravados no etéreo. Muitos estudiosos desencarnados reveem por estes estudos Jesus quando esteve encarnado. Outros, mais cientistas, estudam diversas épocas da História para entender melhor os fatos.*

Continuamos, vimos um crime, um homem matar um menino e jogá-lo no mar, fugindo após. Querendo saber algo mais deste crime, vimos que não foi descoberto e o garoto foi tido como desaparecido. Gregório logo deu sua opinião:

– *Se usássemos mais a Psicometria entre os encarnados, evitaríamos muita injustiça, o inocente não pagaria pelo crime de outro e muitos crimes seriam desvendáveis.*

– *Gregório* – explicou Ambrósio calmamente –, *talvez na Terra venhamos usar mais a Psicometria, mas não para descobrir erros. Quando a Terra usar mais este processo, estará mais evoluída e não deverão existir mais assassinatos. Depois, um crime pode ser escondido dos homens, nunca da pessoa que o cometeu ou de Deus. Se vemos inocente na prisão, devemos perguntar se ele o é também no seu passado, em encarnações anteriores. O inocente a que você se refere não será como este homem que vimos, que matou friamente um menino e seu crime não foi descoberto?*

Gregório concordou e continuamos. Vimos um casal que logo nos primeiros anos do nosso século namorava no rochedo. Amavam-se muito e queixavam-se de ser impossível aquele amor. O pai dela, fazendeiro local, não o queria para genro, pois ele era um simples pescador. Queria casar a filha com seu amigo rico. Ali estavam, quando viram o pai dela chegando com muitos empregados armados. Depois de um demorado beijo, pularam juntos do alto da pedra, despedaçando seus corpos.

– *Deve ser por isto que este rochedo tem este nome. Que tristeza!* – lamentou Gregório. – *Um duplo suicídio!*

Nada mais vimos de interessante, ali quase não ia ninguém. Demos por terminada nossa sessão de Psicometria. Ambrósio informou:

– *Devo ir à Colônia, voltarei ao amanhecer. Querem ir comigo?*

– *Eu vou ficar. Notei que o casal que cometeu o suicídio está aqui numa pequena gruta perto do mar. Aproveito para visitá-los* – decidi.

– *Posso ir com você?* – Gregório levantou-se, falando depressa. – *Se estão aqui, vou com você tentar ajudá-los. Irá lá para isto, não é?*

Sorri em resposta. Ambrósio partiu e nós dois volitamos devagar e rente ao chão, descemos o rochedo do lado do mar à procura dos dois. Logo os encontramos. Alguns metros acima do mar, onde as águas batiam com força, havia uma pequena abertura e ali se encontravam os dois jovens imprudentes. Observei-os, estavam machucados, mas com todos os membros. Embora com as roupas em farrapos, pareciam limpos. Para os encarnados, aquele lugar era somente uma pequena furna onde havia no chão somente um pouco de areia. Mas para nós havia um banco de madeira e alguns poucos objetos. Os dois permaneciam sentados juntinhos, calados e pensativos. Recomendei ao meu amigo:

– *Gregório, vamos nos tornar visíveis e conversar com os dois.*

– *Iremos levá-los para um socorro?*

– *Vamos fazer como Ambrósio fez na igreja, convencê-los a pedir socorro.*

– *Entendido.*

Bati palmas à entrada, acendi minha lanterna. O local estava escuro, enxergávamos porque, como já disse, treinamos para enxergar em locais sem luz. Chamei:

– *Ô de casa! Tem alguém aí?*

Os dois assustados levantaram rápido e nos olharam com medo. Sorrimos, tentando ser simpáticos a eles.

– *Boa noite!* – cumprimentei. – *Sou Antônio Carlos e este, Gregório. Somos de paz! Viemos visitá-los. Podemos entrar?*

Os dois se olharam confusos. Ele indagou:

– *São do bando?*

– *Não somos, mas conhecemos os membros do bando. Não se preocupem, não queremos guerra.*

– *Se é assim, entrem.*

Com a mão nos convidou a sentar, sentamos e eles acomodaram-se no chão sempre perto um do outro.

– *Trazem alguma ordem?* – indagou ele.

– *Não, vocês fazem muito bem o trabalho que lhes incumbiram* – elogiei.

– *Fazemos sim* – concordou ela. – *Já tínhamos olhado tudo antes de vir para cá. É tão difícil vir alguém com o corpo de carne aqui, e à noite é que não vem mesmo.*

– *E, quando vêm, vocês os assustam* – concluí.

– *É ordem* – disse ele. – *Devemos afastar todas as pessoas daqui, somente podemos permitir os que nos foram indicados. Cuidamos dos vivos de corpo. Quanto aos outros é tarefa dos guardas da gruta de cima. Se algum encarnado vem aqui, jogo pedras e areia neles e minha companheira geme e arrasta latas. Dá resultado, todos fogem.*

– *Como conseguem?* – Gregório curioso quis saber.

— No começo — esclareci — alguns sensitivos podiam vê-los, daí a fama do rochedo ser assombrado. Os que aqui vêm são condicionados a ver algo sobrenatural, isto faz que abaixem a vibração e entrem em sintonia com a deles. Depois, todos que vêm aqui normalmente sentem medo e qualquer barulho assusta. Encarnados com um pouco mais de sensibilidade conseguem vê-los ou escutá-los, médiuns os veem quase que nitidamente. Este casal consegue, por estarem tão ligados ainda à matéria, fazer barulhos materiais que são ouvidos por todos os encarnados. Portanto, assustam mesmo. São para o bando de utilidade, já que eles não querem ninguém por aqui. Assim os deixam em paz e não são tratados como escravos.

Os dois ficaram nos observando sem entender o que conversávamos. Gregório, sorrindo, voltou a eles.

— Como se chamam? Vamos ser amigos?

Os dois desconfiados se olharam e resolveram se apresentar.

— Chamo-me Severino e ela, Maria Isabel. Estamos aqui há muito tempo — explicou ele.

— Ficam aqui desde que se jogaram das pedras — comentou Gregório.

— Como sabem? — indagou Severino.

Respondi delicadamente:

— Sabe-se de muitas coisas por aqui. Este rochedo chama-se dos Amantes por este motivo. Mas falemos de vocês. Gostam daqui?

— Poderíamos estar em lugares piores — suspirou Severino.

— Que lhe aconteceu? O que os levou a este ato infeliz? Conte-nos a história de vocês — pedi.

— Quase não conversamos com outras pessoas — admitiu Maria Isabel. *— É a primeira vez que alguém educado vem nos*

visitar. Vou contar a vocês o que aconteceu conosco. Quando mocinha conheci Severino, nos apaixonamos e passamos a nos encontrar todos os domingos no alto do rochedo. Sabíamos que nosso amor era impossível. Meu pai, fazendeiro local, não ia permitir que nos uníssemos. Uma vez nos viram e contaram ao meu pai, ele mandou surrar Severino e me arrumou um casamento com um homem mais velho e rico. Ficamos desesperados, passei a ser vigiada. Consegui fugir e vim me encontrar com Severino. Meu pai veio atrás de mim. Se nos pegasse juntos, ia torturá-lo e matá-lo, assim meu pai já havia ameaçado. E eu não ia conseguir viver sem ele. Então decidimos morrer juntos. Ficamos aqui até meu pai chegar perto do rochedo, aí pulamos.

– O que a intolerância faz! – exclamou Gregório. – Que preconceito! Um amor tão bonito, por que não deixar que vivessem juntos? É certo que muitos pais se preocupam com os filhos para que não casem com pessoas ruins. Mas, com vocês, proibiram porque Severino era pobre! Certamente muitos sofreram com o gesto impensado de vocês.

Achando que tinha falado demais, Gregório calou-se e Maria Isabel continuou:

– Sim, sofreram. Minha mãe, os pais de Severino, mas ninguém como nós. Caímos e ficamos lá embaixo vendo nossos corpos despedaçados. Aqui ficamos como se estivéssemos amarrados, nunca mais saímos daqui.[1] Encontramos este vão nas pedras e aqui ficamos. Depois veio esse bando de bandidos e nos obrigaram a assustar as pessoas. Ficamos juntos, ou melhor, sofremos juntos.

---

1 N.A.E.: Os dois entenderam que erraram e se autopuniam, sentindo-se assim como se tivessem sido amarrados no local onde provocaram a desencarnação. Se quisessem realmente, teriam saído. Ao nos sentirmos culpados ou aceitamos de outros a punição ou nós mesmos, muitas vezes, nos punimos.

– *Nunca pensaram em viver melhor?* – perguntei. – *Em reco-meçar a vida sem tantos sofrimentos?*

– *Como?* – Severino não entendeu. – *Suicidamo-nos! Suicídio não tem perdão, nem deixam passar o corpo na igreja para uma bênção.*

– *Acreditam então que pecaram?* – indaguei. – *Contra quem pecaram? Contra vocês mesmos? Contra o corpo sadio que Deus lhes deu para viver um período encarnado para progredir? Ou pecaram contra Deus?*

– *Contra Deus!* – responderam os dois.

– *Não lhes ensinaram que Deus é bondade? Que é Pai Amo-roso de todos nós? Que nos quer bem e que sejamos felizes? Não aprendemos que Ele nos perdoa sempre, quando pedimos perdão com arrependimento?*

– *Arrependimento!* – suspirou Maria Isabel. – *Penso às vezes se não era preferível ter-me separado de Severino e casado com aquele velho. Sofreria, mas por pouco tempo.*

– *Vamos pedir perdão, moçada!*

Gregório levantou-se e bateu palmas, falando alto e com entusiasmo. Nós o olhamos admirados pela sua intromissão, ele se calou e sentou-se de novo. Tentei esclarecer o casal.

– *Meus amigos, às vezes temos dificuldades na vida e não entendemos bem o porquê. Talvez vocês dois deveriam ter aceitado a separação para um aprendizado. Revoltados, cometeram um erro imprudente matando o corpo carnal que lhes servia de roupagem para viver encarnados. Todos erramos, de um modo ou de outro, nós que ainda estamos no rol das encarnações. Tendo novas oportunidades, tentamos reparar estes erros. O primeiro passo é entender que erramos, depois ter vontade de não errar mais. Pedir perdão e querer ser ajudado.*

– *Nunca mais me suicidarei* – prometeu Maria Isabel.

– *Nem eu* – afirmou Severino.

– *Então por que não pedem perdão e mudam a forma de viver?* – aconselhei.

– *Mas cadê Deus para pedir perdão?* – indagou Maria Isabel.

– *Maria Isabel* – disse –, *não O vemos, mas O sentimos em todos os lugares e dentro de nós mesmos.*

– *E como sabemos se estamos perdoados?* – perguntou Severino.

– *A paz que sentimos dentro de nós é a resposta.*

Calaram-se e ficaram a pensar, até a cogitar em separar-se. Gregório levantou-se, ajoelhou na frente deles e explicou:

– *Vocês não precisam separar-se. Queiram o socorro. Sabem o que é socorro para vocês? Serão levados a um lugar maravilhoso onde não assustarão ninguém, onde serão tratados com bondade, onde aprenderão coisas maravilhosas sobre Deus e Jesus e lá ficarão bem.*

– *Existe lugar assim?* – admirou Maria Isabel. – *Mas somos suicidas, réprobos.*

– *Mas filhos de Deus!* – afirmou Gregório emocionado.

Os três choraram. Gregório emocionou-se, a vontade de ajudá-los era muita. Mas, para ajudarmos alguém, devemos seguir regras de onde trabalhamos; regra nenhuma no Plano Espiritual é taxativa. Para melhor harmonia dos lugares de socorro, devem ser levados os desencarnados arrependidos e que querem ajuda. Centros Espíritas não seguem esta regra, porque nos trabalhos de desobsessão podem convencer estes desencarnados. Mas, quando se empenha em ajudar, pode-se tentar convencer, como Ambrósio fez na igreja e nós estávamos fazendo. Nem sempre dá resultado. Mas o choro deles sentido e sofrido demonstrava que estavam arrependidos. Choro assim lava a alma, costuma-se dizer. É verdade, Maria Isabel e Severino sentiam-se, pela primeira vez após a desencarnação, aliviados e amados.

– *Vamos pedir perdão, Severino?* – indagou Maria Isabel.

– *Vamos* – concordou ele.

– *Eu peço por vocês!* – Gregório propôs alegre.

Não precisava, ao querer com sinceridade pedir perdão, já pediram. Foi sincero, de coração. Mas meu jovem amigo, recordando Ambrósio, orou emocionado:

– *Deus, nosso Pai, erramos muitas vezes, porque somos muito imperfeitos em não seguir Seus Divinos ensinamentos. Mas reconhecemos que erramos e queremos que nos perdoe. Nunca mais pensaremos em matar alguém e nem nossos corpos carnais. Queremos Seu amoroso perdão e que nos ajude. Amém!*

Severino e Maria Isabel encostaram um no outro e, aproveitando que oravam, adormeci-os num passe.

– *Vamos levá-los à Colônia e os deixaremos na parte do hospital que abriga suicidas* – decidi.

Pegamos os dois como se fossem duas criancinhas ternas e volitamos. Na Colônia os deixamos no hospital. Neste local de socorro, as enfermarias são separadas em alas masculina e feminina. Mas, por meu pedido, acomodaram Severino e Maria Isabel num quarto para não separá-los. Nós os deixamos medicados, vestidos com roupas do hospital e dormindo.

– *Vão dormir por muito tempo* – informou o orientador do hospital.

Agradecemos e voltamos. Sentamos numa das pedras do rochedo. Logo ia amanhecer e Ambrósio viria nos encontrar. Gregório indagou:

– Eles vão dormir mesmo por muito tempo?

– Sim, farão um tratamento pelo sono. Mesmo dormindo escutarão músicas suaves e leituras evangélicas. Quando acordarem, com certeza estarão tranquilos e aptos a aprender a viver no Plano Espiritual.

– Eles vão se separar? – meu companheiro de trabalho quis saber.

– Na Colônia não, enquanto estiverem desencarnados estarão juntos. Quando reencarnarem, não sei. Se nesta última tudo indicava que iam se separar, devem existir motivos para isto. Espero que os dois entendam e se preparem bem para a próxima encarnação.

– Antônio Carlos, será que o bando achará falta dos dois?

– Não creio. Pelo visto não tinham muito contato. Somente perceberão se algum encarnado aqui vier e não for assustado.

– Que bando, hein? Usar um pobre casal para ajudá-los – Gregório indignou-se.

Olhei-o; entendendo que exagerara, Gregório logo consertou:

– Bem, os dois erraram, mas quem não erra? Como desconhecer a verdade faz mal às pessoas! Elas sofrem muito por pensar que irão penar eternamente no inferno e que não serão perdoadas.

"Certamente Gregório tem razão", pensei. "Não devemos errar e pensar em safar-nos pedindo perdão. Pedir perdão com sinceridade nos condiciona a sermos ajudados, mas não anula o erro. Somente com a reparação, construindo, é que consertamos o erro. Mas também não é certo pensar que não seremos perdoados e que sofreremos por nossos erros eternamente. Novas oportunidades teremos, basta aproveitá-las e por nenhum motivo suicidar-se. Porque, ao tirar a vida do nosso corpo carnal, somente aumentaremos nossos sofrimentos e não resolveremos nada. Devemos sempre meditar sobre os erros que cometemos, reconhecê-los e entender por que erramos; fazer o propósito de não errar mais, pedir perdão a Deus e a quem ofendemos. Depois, vamos com amor reparar nossos erros. Se não tiver como repará-los no momento, ao fazermos o bem, estaremos construindo aquilo que destruímos. E devemos lembrar sempre que somos muito amados pelo nosso Pai Maior."

— Antônio Carlos, que pensamentos bonitos! — exclamou Gregório.

Gregório lera meus pensamentos. Isto não se faz sem permissão entre companheiros. É como escutar uma conversa reservada. E tratou logo de desculpar-se:

— Desculpe-me, amigo. Fiz sem querer. É que, estando quieto, acompanhei seus pensamentos.

— Está bem — respondi.

— Estou muito feliz por ter ajudado aquele casal. O rochedo ficará sem seus amantes!

Sorrimos.

CAPÍTULO 4

Festa na gruta

Logo que o dia clareou, Ambrósio reuniu-se a nós e fomos à casa de Jair. Após o desjejum simples, os pais com o filho Aldo saíram para o trabalho no campo. Mílton, o caçula, ficou para ir à escola, era ele que ajudava no serviço da casa. Jair também saiu, tomou o rumo do rochedo, passou pela gruta e continuou a andar distraído. Nós o acompanhamos. Os guardas desencarnados continuavam ali vigiando a entrada da gruta. Depois de uns vinte minutos de caminhada, Jair chegou à Casa Verde. Era um lugar muito bonito, a propriedade tinha linda casa grande e bem construída. Gregório lamentou suspirando:

— *Lugar assim tão lindo não deveria ser usado para o mal!*

Certamente não foi construída pelos atuais moradores. A casa estava construída em cima de um penhasco que dava frente para o mar, de um lado o rochedo, do outro um morro. Havia uma escada de pedras por onde os proprietários desciam até a pequena praia. A casa era rodeada de muitas árvores, ornamentais, frutíferas e coqueirais, daí o nome Casa Verde. As árvores iam por quilômetros nos fundos da casa e desciam para um pequeno vale.

A propriedade estava guardada tanto por encarnados armados, eram dois que vigiavam, quanto por alguns desencarnados que tínhamos visto no dia anterior na gruta.

Gregório observava tudo com atenção e indagou desconfiado a Ambrósio:

— *Vamos entrar? Não nos notarão?*

— *Gregório* — pacientemente nosso orientador elucidou —, *nós vibramos diferente deles. Eles não conseguem entrar em nossa sintonia. Para que entenda, vou usar de um exemplo fácil. É como ligar um rádio e localizar pela sintonia uma onda e o que se passa em outras é desconhecido. Nossa vibração, sendo rarefeita, é para eles quase impossível conseguirem entrar na nossa faixa mental ou nos ver. Nós temos a visão ampliada e conseguimos vê-los sem sermos notados. Continuemos com o exemplo do rádio: desencarnados, como também encarnados que são ignorantes e maus, estão nas ondas longas, nós, na média, e espíritos superiores, nas ondas curtas. Se desencarnados superiores a nós aqui vierem, conseguem vê-los e a nós, sem que nós consigamos vê-los. Só os veremos se eles entrarem na nossa onda vibratória. E para que estes desencarnados que aqui estão nos vejam, devemos entrar em sintonia com eles.*

O espírito evoluído consegue sintonizar em todas as ondas, o que não acontece com os que estão nas ondas longas. Assim é em todos os planos da Terra, quem vibra no bem, o mal não consegue atingi-lo. E os que se afinam com o mal não conseguem ver os desencarnados bons, a não ser que estes queiram. Também quase sempre não conseguem receber benefícios dos bons, porque não aceitam, não querem e não sintonizam. Por isso que, para ajudar, o necessitado precisa pedir, querer auxílio e ficar receptivo.

– Ambrósio, quando Xampay começou a gritar palavras obscenas e fazer gestos grosseiros, por que ele me desequilibrou? Senti o impacto de suas vibrações inferiores. Ele ia conseguir me ver?

Gregório perguntou querendo entender o que se passara com ele na gruta, Ambrósio carinhosamente o elucidou:

– Você, ao sentir medo, fez com que ele, espírito com conhecimentos no mal, o sentisse, sem contudo vê-lo. Ele fez tudo aquilo tentando fazer você abaixar sua vibração e entrar em sintonia com a dele. Gregório, para que não sejamos atingidos pelas vibrações inferiores, é necessário estarmos libertos dos atos que as palavras do autor nos sugestionam a visualizar. É um pouco difícil compreender isto, mesmo porque muitos bons, que negam estas atitudes que você viu, mesmo não as cultivando, ainda não se libertaram de tais atos. A libertação se dá quando, pensando ou vendo tais circunstâncias, não somos tocados por elas. Tal qual um adulto que na sua infância tenha brincado, e agora não condena o brinquedo e não sente desejo de brincar.

– Vamos mostrar a eles que estamos aqui? – quis saber Gregório.

– *Não. Estamos aqui para estudar a situação, planejar como melhor ajudar. Por enquanto é preferível que ignorem a nossa presença.*

Entramos. A casa tinha poucos móveis, somente os essenciais. Os guardas cumprimentaram Jair e lhe disseram que o chefe queria vê-lo.

Nós o seguimos. Jair entrou num escritório, onde estava um homem sentado atrás de uma escrivaninha. Devia ter cinquenta anos, cabelos grisalhos, demonstrava ter estudos, diferenciando-se daquela gente simples do povoado. Recebeu Jair sorridente, com a mão o mandou sentar. Ali estavam três desencarnados do bando, um deles era Xampay, que parecia ser importante no grupo da gruta. Gregório quis esconder-se atrás de mim, mas, vendo nossa tranquilidade, acalmou-se. Escutamos:

– Tudo pronto, Jair?

– Sim, senhor Euclides, tudo.

– Continua sem dizer nada do que fazemos, não é? Sabe que Xarote foi quem pediu – lembrou o dono da casa.

– Nada digo. Tudo que Xarote diz é lei.

– Assim é que se fala. Logo começarei a ganhar dinheiro e você, me ajudando, ficará rico. Aqui está, como combinamos, o recibo do depósito que fiz em seu nome num banco da capital. Também trouxe muitas coisas que comprei para você e família. Diga aos seus pais que é presente de seu patrão e que são coisas usadas de minha família. Entendeu?

– Sim, obrigado – Jair sorriu.

O dono da casa colocou dois sacos grandes e cheios em cima da mesa.

– Jair, agora tenho que trabalhar. Vá mais cedo para casa e diga a sua mãe que terá que pousar aqui como das outras vezes. A festa desta noite deverá ser muito bonita. Comprei toda minha oferenda.

– Também mandei comprar a minha. Já coloquei na gruta.

– Tome cuidado, Jair, ninguém deverá vê-lo – recomendou Euclides.

– Não se preocupe, senhor Euclides, na aldeia todos têm medo do rochedo.

– Em todo caso, Laerte vai, ao entardecer, verificar tudo por lá e assombrará se encontrar alguém.

Jair levantou-se e saiu. Euclides passou a ver uns papéis, eram mapas e nomes de distribuidoras. Fomos ver o que Jair fazia naquela casa. Ele dirigiu-se ao porão, onde estava um bem montado laboratório em que se transformava a planta coca em cocaína. Lá havia muitos galões de álcool, éter, acetona e outros produtos químicos. Ali estavam três desencarnados completamente alucinados pela droga. Jair passou a fazer seu trabalho com atenção.

Fomos olhar a propriedade. Embaixo das árvores estava a plantação de coca. Depois de vermos tudo, voltamos ao rochedo. Gregório não nos deixou em silêncio.

– *Ambrósio, Antônio Carlos, viram? Estamos lidando com traficantes. Aquele Euclides, o chefe encarnado, parece bem esperto. Uma pequena plantação de coca, um laboratório bem montado neste lugar de difícil acesso, de um lado o mar, do outro, morros e terras abandonadas, e perto o povoado de pessoas medrosas e ignorantes. E, ainda, mão de obra barata. Naquele terreno na frente pode descer um avião e pelo mar pode mandar sua mercadoria para centros maiores. Ele tem junto a si um bando encarnado e outro desencarnado. E paga mal, viram? Deu ao garoto objetos baratos, um pequeno depósito no banco e deve ganhar milhões. Que coisa, hein?*

Já acostumados com a eloquência de Gregório, Ambrósio e eu escutamos quietos. Quando terminou, Ambrósio o elucidou:

– Você está certo. Euclides tem encarnados a seu serviço e está unido a este bando de desencarnados. Existe aqui um intercâmbio com as forças do mal. Desencarnados trabalham para que o tóxico se expanda. Eles querem aumentar o número de dependentes deste vício no Plano Físico e Espiritual. E os encarnados envolvidos no tráfico são os ávidos por dinheiro fácil. Traficantes encarnados estão quase sempre unidos a desencarnados trevosos que os protegem à sua maneira, ou em troca de favores, ou simplesmente para ver o tráfico crescer. Muitos trabalhadores do bem têm lutado com muita dedicação tentando ajudar viciados e até mesmo traficantes. É um trabalho difícil, estes raramente os escutam e nem sempre seguem seus conselhos.

Ficamos calados, meditando. Pensei como o tóxico está levando a sofrimentos tantas pessoas. Os principais prejudicados são os viciados, muitos jovens envolvidos, pais que veem seus sonhos desmoronarem... E muitos quase sempre começam por brincadeira, por curiosidade, e acabam entrando no mundo do crime, roubo, comprometendo-se cada vez mais com as forças malignas. Os traficantes serão responsabilizados pelos seus erros, que são grandes e que consequentemente os levarão a muito sofrimento. Certamente, somente com muitas dores é que se equilibrarão com a Lei do Retorno. Usam para o mal a inteligência e poderão ser privados dela em futura reencarnação, embora isto não seja regra geral. Porém, os traficantes muito terão que responder pelo erro enorme que praticam.

– *Já sei!* – exclamou Gregório todo contente, quebrando o silêncio. – *Faremos alguém colocar fogo nas plantações. Tramaremos e faremos o grupo brigar entre si e se separar.*

Ambrósio olhou com carinho para seu discípulo e elucidou:

– *Não será fácil alguém colocar fogo nas plantações. Todos os encarnados ali estão vinculados, seja ao emprego, dinheiro ou ao mal. Não podemos envolver pessoas que não estão ligadas a eles; estão armados e tirariam a vida física de quem se intrometesse. Há entre eles uma organização bem montada, eles se afinam e não irão brigar a ponto de se separarem. É um erro menosprezar as forças trevosas. E qualquer falha nossa dificultaria o trabalho. Vou à Colônia e relatarei a existência deste comércio. Verificarei se as equipes que trabalham com viciados sabem deste lugar e se podem nos ajudar, orientando-nos. Aqui viemos auxiliar uma mãe aflita a recuperar Jair e defrontamos com outros necessitados e com tráfico de drogas.*

– *Recuperar Jair parece difícil. O danadinho está bem atolado* – opinou Gregório.

– *Atolado! Boa definição para a situação dele* – concordou Ambrósio. – *Diga-me, Gregório, o que se faz quando alguém está atolado?*

– *Amarra-o e o puxa com força* – respondeu nosso jovem companheiro. – *Sairá, com certeza, se quem o puxar não esmorecer, mas sairá sujo e talvez machucado.*

– *Não será um trabalho fácil. Principalmente existindo muitos a segurá-lo na lama. Nosso trabalho será esse. Pretende ficar conosco, Gregório?* – indagou Ambrósio.

– *Fico. Mas vou avisando, tenho medo destes desencarnados e não me mande ter com eles sozinho. Combinado? Que faço agora?*

Gregório nos fazia sorrir, transmitia alegria a todos que o rodeavam. Ambrósio informou:

– *Vou à Colônia, estarei aqui às dezesseis horas. Fique com Antônio Carlos. Até logo!*

Ambrósio volitou rápido e Gregório olhou para mim.

– *Antônio Carlos, é mais seguro não nos locomovermos daqui. Mas ficar horas sem fazer nada é perda de tempo. Que sugere? Voltarmos à igreja para verificar se não tem por lá mais nenhum sofredor?*

Sorri.

– *Por que sempre ri de mim?* – queixou-se ele.

– *Não estou rindo de você, mas para você. Encanta-me com seu modo de ser e de agir. Será um grande servidor do bem com sua alegria contagiante.*

Gargalhou feliz com seu modo ingênuo, demonstrava sua grande vontade de ser útil.

– *Que faremos então?* – insistiu Gregório.

– *Que tal irmos até os familiares de Jair? Depois percorrer a aldeia. Quem sabe encontraremos alguém capaz de nos ajudar. Uma denúncia à polícia, para que possa assim descobrir este tráfico.*

– *Que bela ideia! Por que será que não pensei nisto?*

Os pais de Jair e seu irmão Aldo trabalhavam muito; o trabalho deles era árduo. Sondei-os. Aldo, garoto ainda, tinha medo do rochedo, já fora assustado e não iria lá e nem na Casa Verde. O pai se preocupava mais com o sustento da família, achava que Jair estava bem e que a mulher se inquietava demais. Sara sim estava apreensiva, amava muito os filhos, queria poder oferecer vida melhor a eles. Faria qualquer sacrifício por todos, ela iria ao rochedo e à Casa Verde.

– *Eles não podem nos ajudar. Vamos à aldeia!* – convidei meu amigo.

– *Não acha, Antônio Carlos, que Sara poderia?*

– *Gregório, quando buscamos ajuda de encarnados, não basta só contar com a boa vontade, embora ela seja importante. Esta senhora está física e mentalmente cansada. Falta-lhe até o necessário e ela está muito preocupada tanto com os filhos ausentes quanto com os três menores que estão com eles. Ela iria ao rochedo e o que iria ver lá? Pedras... Poderia até ver a gruta, seu filho diria que é um lugar para brincar. Entenderia o que se passa ali? Certamente que não. E, se for à Casa Verde, irá ver seu filho trabalhando numa plantação. Ela não sabe o que é coca e nem que esta planta é tóxica. Nem Jair sabe. Ele pensa que a usam na comida e que se faz chá. É o que Sara, ignorante, pensará também. Iríamos expor esta senhora à toa.*

– *É. Para ajudar é necessário saber...* – concluiu Gregório.

– *Certamente.*

Andamos pela aldeia, estava difícil. Todos temiam as assombrações do rochedo, muitos já tinham ido à Casa Verde sem ver nada de suspeito e não estavam interessados em voltar lá. Só conseguimos atiçar a curiosidade do dono do pequeno armazém, que era pessoa com algum conhecimento. Achei que talvez ele pudesse nos ajudar.

De tanto Gregório insistir, voltamos à igreja. Estava vazia. Ao ler o aviso na porta, tive uma ideia. Dali a dois dias era o domingo em que o padre viria. Talvez o reverendo pudesse nos ser útil. Animados, voltamos ao rochedo e esperamos por Ambrósio. Na hora certa, ele chegou, mas não veio sozinho. Estava acompanhado de outro espírito, uma moça de agradável aspecto. Apresentou-a:

— *Esta é Cláudia, uma professora, uma cientista com muitos conhecimentos em plantas tóxicas e seus efeitos. Veio para nos ajudar.*

— *Olá, sou Gregório. É bem jovem para ser professora!*

— *Não desencarnei velha e, trabalhando no momento com jovens, achei melhor parecer com eles* — explicou a moça delicadamente.

— *Cláudia está a par de tudo* — esclareceu Ambrósio.

— *Estivemos* — contei — *na aldeia observando seus moradores, acho que podemos contar com a ajuda do comerciante José, que não é tão medroso e é curioso. Talvez também com a do padre, que é a pessoa mais instruída que vem a este lugar. Ele estará na aldeia domingo próximo. O resto das pessoas daqui ou tem medo em excesso ou é ignorante demais para descobrir o que está acontecendo aqui. Também devemos ter cuidado, o pessoal da Casa Verde não é de brincadeira, poderiam matar quem bisbilhotasse.*

— *Que acontecerá se alguém desencarnar tentando denunciar esta quadrilha? Será socorrido ou o grupo de Xampay o pegará para vingar-se?* — perguntou Gregório preocupado.

— *Dependerá de muitas coisas* — respondeu Ambrósio. — *É por essa razão que devemos ter cautela. Não podemos colocar em perigo a vida física de ninguém desta sofrida aldeia. Gregório, são os nossos atos que nos levam a sermos socorridos ou não quando desencarnamos. Uma pessoa com objetivo de ajudar*

*os jovens, ou pessoas que se viciam, está agindo com honesti-
dade e dignidade, porque poderia querer pertencer ao bando
e ganhar muito dinheiro. A intenção que tiver em denunciar é
boa, seria socorrido, pelo menos não deixaríamos nas mãos do
bando. Mas ele tem o livre-arbítrio. Sendo bom, ficaria conosco,
senão, poderia voltar e vagar pelo seu ex-lar ou pelo Umbral,
conforme lhe conviesse. Valemos pelas nossas obras e a última
é muito importante.*

*— Bem, se é assim não precisamos preocupar-nos se desen-
carnar alguém...*

— Não, Gregório — elucidou Ambrósio —, *a vida encarnada é
muito importante para todos nós. Não devemos expor ninguém
e não o faremos. Agiremos com o máximo cuidado. Planejando,
sempre encontraremos como ajudar com segurança.*

Jair passou pelo rochedo, foi para sua casa. Estava com os
dois sacos nas costas. Ambrósio nos convidou:

*— Vamos à gruta e colocaremos nela aparelhos de transmissão,
assim veremos o que acontecerá lá essa noite.*[9]

— Se não se importarem, fico — informou Gregório.

— Mas ficará sozinho — lembrei-o.

— Bem, então eu vou... — nosso jovem amigo ficou indeciso.

Os guardas estavam na entrada, entramos sem que notassem
e colocamos três minúsculos aparelhos de transmissão em cantos
estratégicos. Saímos, Gregório suspirou aliviado.

— Que aventura!

— Vamos agora ver Jair — convidou-nos Ambrósio.

Jair estava em casa, tomou banho e vestiu uma roupa que
ganhou.

Logo os membros da família chegaram.

– Veja, mamãe – mostrou o garoto contente –, pedi ao sr. Euclides que quando tivesse roupas velhas e brinquedos me desse. Ele me trouxe tudo isso da sua casa da capital. Olhe quantas coisas, tem brinquedos para você, Mílton.

Olhavam encantados, as roupas serviriam para todos. Havia utensílios de casa, dois cobertores e alguns brinquedos.

– Que bom! Jair, você agradeceu ao senhor? – indagou o pai.

– Agradeci. A senhora gostou, mamãe?

– Gostei. Mas não são coisas baratas para serem da família dele? As roupas parecem novas, sem uso, e parecem servir a nós sob medida – Sara se preocupou.

– Não reclame, mulher – advertiu Jacó. – Devemos agradecer, tudo é tão bonito!

– Pai, o senhor Euclides me pediu para dormir lá. Posso?

– Claro, claro. Vá logo antes que escureça.

Jair pediu a bênção aos pais para sair. Mílton o observou e comentou:

– Jair, você está bonito com as roupas novas!

O menino nem respondeu, saiu e tomou o rumo do rochedo, deixando a família contente com os presentes. Sara gostou, mas não ficou alegre. Seu coração estava amargurado, achando que algo estava errado. Ambrósio afagou seus cabelos.

– *Calma, minha Nizá, calma, Sara! Aqui estou para ajudá-la. Tudo dará certo!*

Sentindo os fluidos bondosos de Ambrósio, ela acalmou-se e foi preparar o jantar.

Começara a escurecer. Voltamos ao rochedo, sentamos do outro lado da entrada da gruta. Ambrósio montou sua tela. Este aparelho é parecido com a televisão dos encarnados. De um material ainda desconhecido do mundo físico, fino e transparente. Temos aparelhos de diversos tamanhos, onde se projetam imagens. A tela que usamos no rochedo era de tamanho médio, cinquenta centímetros de diâmetro.

Começou a movimentação de desencarnados. O trabalho estava marcado para ter início às vinte e duas horas. Tínhamos que esperar e ficamos conversando. Cláudia falou dela.

– *Trabalho em combate às drogas há trinta anos. Encarnada trabalhei numa farmácia e tive por outras encarnações muitos conhecimentos de Medicina. Depois de algum tempo de meu desencarne, estudei Medicina numa Colônia de Estudo. Especializei-me em cuidar de desencarnados viciados em tóxicos. Sinto em ver cada vez mais este vício aumentar de modo alarmante, pedi para fazer parte de um grupo que o combate. Faço parte de uma equipe grande e trabalho com muita dedicação. Amo o que faço e me alegro com a recuperação de cada viciado. Tentamos também ajudar os que traficam, porque estes cometem um grave erro e, quando um deles nos atende, é uma grande vitória. As trevas lutam para aumentar este vício que leva tantos a outros erros e crimes. Nós lutamos para recuperá-los e tentamos evitar que muitos entrem nesta roda dolorosa.*

Olhamos com admiração para aquele espírito tão laborioso e que amava o que fazia, dedicando-se com carinho a estes imprudentes que se destroem nos tóxicos.

Um pouquinho antes das vinte e uma horas, a comitiva encarnada chegou trazendo muitas coisas. Ligamos o aparelho. Jair estava todo de vermelho, calça e camisa, os cabelos estavam penteados para trás e lustrosos. Os encarnados estavam com roupas estranhas, uns de preto, outros com roupas de capuz, outros enfeitados demais.

Começaram os preparativos, um encarnado ficou de guarda acompanhado por quatro desencarnados. Eram doze encarnados e os desencarnados foram chegando aos bandos.

Gregório olhava tudo com os olhos arregalados. Cláudia estava séria. Ambrósio e eu, acostumados a socorrer desencarnados trevosos, olhávamos com tristeza. De dentro das caixas, sacolas e pacotes que os encarnados trouxeram foram tirados muitas garrafas de bebidas de várias qualidades e carnes cruas de vários animais. Foram colocados em cima de um caixote, tudo em frente do altar. Várias velas coloridas foram acesas por toda a gruta. Também havia algumas frutas e pratos com alimentos. Os desencarnados olhavam sem mexer em nada.

Depois de tudo arrumado, os encarnados posicionaram-se pelo salão e um deles pegou um tambor e em tom baixo começou a tocar compassadamente.

Logo chegou o chefe umbralino com seus acompanhantes, ou seja, seus guardas particulares. Um desencarnado incorporou em Jair e os outros incorporaram nas outras pessoas. Jair recebeu somente um espírito , os outros médiuns, vários, ou seja, um encarnado recebia um após outro, faziam rodízio. Começaram a comer e a beber. Os pedaços de carne crua foram rapidamente devorados. Os encarnados comiam, os desencarnados sugavam as emanações, tanto dos alimentos como os fluidos dos encarnados. Aqueles trevosos faziam dos médiuns ali presentes o que queriam, uns se arrastavam pelo chão, outros dançavam alucinantemente.

Xarote, espírito mau, gozador, usava Jair como seu médium, denominando-o de cavalo. Incorporar é um termo usado para se referir a um intercâmbio entre os dois planos, o encarnado e o desencarnado. Moradores do Plano Espiritual educados e instruídos somente se aproximam dos encarnados, entram em sintonia de mente a mente. São os que usam deste intercâmbio para receberem uma orientação em Centros Espíritas, aproximam-se dos médiuns, sem, contudo, encostar, embora eu tenha visto, em alguns lugares, aproximarem-se mais. Não é preciso o espírito se aproximar tanto do médium se este é estudioso e treinado, basta somente isso para o intercâmbio, para entrar em sintonia. Mas os desencarnados, como descrevo aqui, aproximavam-se bem dos encarnados, encostavam, colavam, isto para sentirem mais as sensações do corpo físico. Xarote fazia de Jair um cavalo, montava em suas costas, fazendo o menino se curvar. Ambos estavam de vermelho. Xarote tinha em seu tornozelo uma espora com três pontas e de vez em quando dava uma esporada em Jair, machucando seu perispírito, que transmitia ao corpo físico. Eram os três ferimentos no formato de triângulo que ele tinha na perna.

A farra na gruta era total, o senhor da Casa Verde, Euclides, olhava tudo sorrindo. Colocou no altar uma vasilha com o pó branco, era cocaína pura. Em outra vasilha colocou pó e galhos secos: pôs fogo. Deliciaram-se com o aroma exalado.

Chegaram mais espíritos trevosos e trouxeram oito desencarnados viciados, que desfrutavam da cocaína no altar. Ambrósio explicou a Gregório:

— *São imprudentes viciados que o grupo usa para vampirizar encarnados. Trocando energias com imprudentes do Plano Físico, estas entidades conseguem viciar outras pessoas.*

É bem triste ver desencarnados viciados, ficam deformados, com o perispírito corroído, alguns nem parecem ser humanos.

– *Não conheço nenhum deste bando* – comentou Cláudia.

Logo após se saciarem, estes viciados foram levados embora.

– *Vou segui-los* – avisou Cláudia.

– *Se me permitir, vou com você* – pedi.

Cláudia concordou com a cabeça e Gregório preferiu ficar com Ambrósio. Nós os seguimos sem que percebessem. Volitaram devagar, atravessaram o Umbral e chegaram a uma cidade organizada por mentes perversas. Paramos um pouco afastados.

– *O grupo deve morar aqui* – concluiu Cláudia, observando tudo.

– *É uma cidade comum do Umbral* – observei.

– *Sim, é um local simples. A droga está se espalhando por todos os lugares com rapidez. Algum tempo atrás, organizavam grupos específicos, hoje, além destes grupos, em quase todas as cidades do Umbral há grupos viciados e traficantes. Vamos voltar.*

Em instantes estávamos no rochedo. Ambrósio e Gregório assistiam à festa na caverna. Para os encarnados Xarote era o chefe, porém era somente o porta-voz do chefe verdadeiro. Este chefe, espírito de conhecimento, estava relativamente bem-vestido, todo de preto com um cinto largo de ouro na cintura, colares de pedras azuis e vermelhas. Tinha muitos anéis de vários formatos e tamanhos. Cabelos negros bem penteados e um bigode fino, olhos verdes e olhar cínico e maldoso. Observava tudo calmamente, deliciando com a farra.

Euclides aproximou-se de Jair e perguntou ao desencarnado incorporado:

– Xarote, gostou das oferendas?

Xarote olhou para o chefe, os dois comunicavam-se por telepatia, ele falava o que o chefe mandava.

– *O uísque estava meio fraco. Qualidade melhor da próxima vez.*

– *Sim, sim* – concordou Euclides.

– *Quero outra festa daqui a trinta dias, numa sexta-feira. Devem ficar atentos, desencarnados abelhudos apareceram por aqui. Não esqueçam os sacrifícios todos os dias às vinte e duas horas. Joguem o que sobrar no mar. Restos são restos.*

– Xarote – pediu Euclides –, gostaria que me ajudasse. Tenho um comprador que me deve um bom dinheiro, era para pagar há dois dias e não o fez.

– *Qual o endereço?* – indagou Xarote por intermédio de Jair.

Euclides deu as informações.

– *Pode deixar, vamos lá e o faremos pagar.*

– Obrigado!

– *Só isto?* – perguntou Xarote.

– Peço sempre guarda e orientação – rogou o dono da Casa Verde. – Não nos deixe ser descobertos.

– *Pode deixar, é do nosso interesse isto aqui.*

Xarote fez Jair comer, beber, fumar e dançar. Olhamos com tristeza os excessos que obrigavam o menino a fazer. Jair era médium semi-inconsciente. Quando Xarote resolveu deixar o médium, deixou-o caído no chão. A festa acabou. Os imprudentes trevosos foram embora, deixando somente dois guardas, e os encarnados todos bêbados voltaram à Casa Verde.

Desligamos o transmissor.

– *Tantos acontecimentos estranhos!* – comentou Gregório. – *Não pensei que existisse intercâmbio mediúnico deste jeito!*

– *Encarnados e desencarnados se afinam e formam grupos. A mediunidade é um dom que se pode usar para o bem ou para o mal conforme a vontade de cada um, porque todos nós temos nosso livre-arbítrio. Estes grupos trocam favores se enlaçando num emaranhado difícil de desfazer* – lamentou Cláudia suspirando.

Realmente, tudo que vimos era estranho e triste.

CAPÍTULO 5

Buscando ajuda entre os encarnados

Ambrósio teve que se ausentar. Cláudia reuniu-se com sua equipe na Colônia a que estava filiada, isto é, no lugar onde tinha seu cantinho, seu lar e onde, com sua equipe, recebia ordens e orientação. Ela não tinha local fixo para trabalhar, porque trabalhava com encarnados ou desencarnados em vários locais de socorro. Ia também aproveitar o encontro para relatar os acontecimentos que presenciou. Gregório resolveu ficar no rochedo, porém avisou:

– *Somente entrarei na gruta quando não estiver ninguém lá. Vou só observar, não farei nada sozinho.*

Eu fui ao Posto de Socorro da região e aproveitei as horas em que ia ficar livre para colaborar naquele local de auxílio, onde estavam abrigados muitos necessitados. No horário marcado fui ao rochedo. Encontrei os três à minha espera. Cláudia nos deu a notícia:

— *Minha equipe desconhecia a existência deste grupo e se colocou à disposição para qualquer ajuda que necessitarmos.*

Alegramo-nos. Gregório respondeu à indagação de Ambrósio sobre o que havia acontecido na gruta.

— *Nem vestígio da festa, ficou somente um guarda, que dorme tranquilo na certeza de que ninguém vem aqui. Jair acordou cedo e limpou a gruta, pegou o resto da festa e jogou ao mar. Depois de tudo em ordem, foi para a Casa Verde desfigurado e com grande ressaca.*

— *Estas festas prejudicam muito o físico de Jair* — expliquei. — *Esta vida agitada poderá levá-lo à desencarnação precoce. Ainda bem que Xarote não o faz cheirar cocaína.*

— *Aqueles que querem tirar proveito dos tóxicos somente traficam, não se viciam* — elucidou Cláudia, séria. — *Lucram com a droga, mas não se tornam escravos dela.*

— *Vamos repartir as tarefas* — determinou Ambrósio. — *Cláudia e eu vamos tirar informações sobre os desencarnados, iremos a sua cidade. Antônio Carlos e Gregório irão se informar sobre Euclides, verificar se tem família e tudo sobre suas atividades. Também procurar saber sobre os encarnados do grupo, se tem lá alguém que possa nos ajudar. Procurem visitar novamente o comerciante e vão até o padre. Vamos nos encontrar aqui às vinte e uma horas. Boa sorte!*

Ambrósio partiu com Cláudia. Gregório e eu fomos até a Casa Verde. Todos os que estiveram na gruta dormiam. Poucos trabalhadores ali estavam, uns no laboratório preparando a erva, outros na limpeza da casa e na cozinha. Jair dormia no porão do laboratório. O ferimento de sua perna estava feio, infeccionado e inchado com vermelhão em volta. Dessa vez não o mediquei, pois sabia que não adiantava. Quando o menino não recebesse mais Xarote em incorporação, medicaria e o ferimento iria sarar com certeza. O ferimento de Jair era pelo acontecimento que narrei, porém quero esclarecer que nem todos os ferimentos que não saram têm o mesmo motivo; a maioria é físico e tem inúmeras causas.

Observamos todos os empregados; ali estavam porque queriam e gostavam, trabalhavam pouco e ganhavam bem. Só um, Antônio, moço de vinte e sete anos, estava cansado e temia a polícia, pensava com saudade na sua mãe e irmã que moravam na capital.

– *Talvez seja este o único com quem podemos contar para nos auxiliar* – concluiu Gregório.

– *Não sei* – opinei –, *ele não está satisfeito, porém acho que é muito medroso para ir contra o grupo, porque sabe que para os delatores é morte certa. Vamos ao escritório de Euclides.*

Não havia ninguém no escritório. Os guardas desencarnados dormiam pelos cantos da moradia, havia somente um que vigiava e este estava em cima da casa.

– *Antônio Carlos, pensei que estes desencarnados não dormiam* – Gregório surpreendeu-se.

– *Os espíritos que vivem em Colônias, Postos de Socorro, que estudam e têm plenos conhecimentos de como viver sem o corpo físico, deixam de ter os reflexos das necessidades da carne. Dormir é um dos reflexos. Desencarnados com conhecimentos passm vinte e quatro horas do dia em plena atividade sem cansar, alimentar-se ou sentir os dissabores do físico. Gregório, lembro-lhe que conhecimentos não são regalias dos bons, são dos espíritos laboriosos e estudiosos. Muitos desencarnados maus sabem e vivem sem estas necessidades, como o chefe que vimos na gruta e que somente olhava. Mas os bons fazem questão de ensinar os que querem aprender, e os desencarnados socorridos não aprendem se não desejarem. Quanto aos moradores do Umbral e aos que vagam, são na maioria ociosos e não querem ou não gostam de aprender, como também nem sempre têm quem os ensine, porque os maus são normalmente egoístas e não gostam de passar conhecimentos. Só o fazem esperando tirar proveito. Desencarnados, como os que vemos aqui, sentem as necessidades do corpo por estarem muito materializados e por gostarem dos prazeres que o corpo lhes oferece. Ontem na festa se excederam em tudo, agora dormem descansando.*

Entramos no escritório e vimos tudo que nos interessava, nomes de compradores e fornecedores de produtos químicos que usavam no laboratório. Encontramos o endereço de Euclides e vimos um retrato de sua família. Tinha dois filhos, Marcelinho e Cíntia. Ele falava para a família que trabalhava com compra e venda de mercadorias pelo Nordeste. Euclides comprava os produtos químicos e ele pagava bem mais caro, os compradores revendiam a droga, e ainda assim ganhava muito dinheiro.

Quando Gregório e eu entramos no escritório, nos foi fácil ver todos os documentos, mesmo os que estavam trancados no cofre e gavetas. Não mexemos em nada materialmente. Bastou nos concentrar no cofre e ver o que estava lá e ler todos os documentos. Sabemos fazer isto. Aprende-se em estudo nas Colônias. Desencarnados que não sabem, quando querem descobrir, ficam perto dos encarnados quando estes vão ver o que lhes interessa. Em casos raros, com fluidos de encarnados, de preferência de médiuns, espíritos conseguem mexer em gavetas e documentos. Se os moradores do além são bons, deixam tudo em ordem, se não forem, podem deixar revirado. Se existe algum espírito familiar ou simpático no lugar, este não deixa o intruso mexer. No nosso caso, os desencarnados que ali faziam guarda não nos viram, porém foi para ajudar que vimos tudo e deixamos tudo como encontramos.

– *Vamos agora* – sugeri – *visitar o endereço que foi citado ontem na festa.*

Era uma mansão. Encontramos um homem bem aflito. Xarote com três companheiros ali estavam atormentando o indivíduo para que pagasse o que devia a Euclides. O homem estava nervoso, não dispunha da quantia. Por quinze minutos ficamos ali e o homem acabou pedindo a quantia emprestada a juros altíssimos e saiu para providenciar o pagamento. Os quatro riram gostosamente, foram acompanhá-lo para certificarem-se de que iria realmente pagar Euclides.

– *Puxa! Xarote deve ter vindo cedo para cá* – observou Gregório.

– *Aqui vieram para fazer que pagasse e conseguiram. Infelizes das pessoas que entram nesta roda de tráfico e banditismo* – lamentei.

Fomos à casa de Euclides. Morava com a família num bairro bom, casa muito bonita e de muito conforto. Todos dormiam naquela manhã de sábado. A esposa, mulher fútil, amante do luxo, dormia despreocupada. Cíntia, mocinha bonita, estava acompanhada por entidades pervertidas. Com apenas dezesseis anos já se prostituía simplesmente por volúpia, julgava-se feliz achando que se divertia. Os pais nada sabiam.

Marcelinho dormia agitado. Bastou vê-lo para saber que era viciado e já em altas doses. Acordou sentindo-se mal, havia marcas de muitas picadas pelo corpo. Sentou-se na cama, olhou as horas e resmungou em voz alta:

— Que festa a de ontem! Preciso tomar cuidado senão mamãe irá perceber e certamente irá contar ao meu pai. Ele fala tanto que é para eu ficar longe das drogas. Se eles descobrirem que não vou mais ao colégio e que uso o dinheiro das mensalidades para comprar drogas, irão pegar no meu pé. Maldita cocaína! Já não posso viver sem ela! Não sei o que faço. Talvez, se eu contar ao tio Mário, ele é bom e gosta de mim, poderá me ajudar. Ai, vou vomitar!

— *Talvez esse tio Mário possa ajudá-lo* — opinou Gregório. — *Euclides trafica a droga e se preocupa com os filhos para que não se viciem. Mas ele sabe que outros jovens a consomem. Talvez seja a cocaína que ele refina que está matando seu filho único.*

— *É triste ver jovens assim se destruindo, adoecendo o corpo sadio, levando à desencarnação precoce e a tantos sofrimentos. Também entristeço com a irresponsabilidade dos traficantes que tanto mal espalham.*

Ajudei Marcelinho, dei-lhe um passe e fiz que vomitasse um pouco dos miasmas corrosivos que tinha no organismo.

Voltamos à Casa Verde. Agora todos já estavam acordados. Jair alimentou-se e após foi embora. Sentia o corpo todo dolorido, estava triste e cansado. Foi andando devagar. Normalmente os desencarnados, como Xarote, cuidam do seu médium, não por bondade ou carinho; às vezes podem até sentir amizade, mas o fazem para ter o médium para o intercâmbio ou para desfrutar os prazeres da carne. Só o prazer interessa a esses espíritos. Xarote, sabendo que, se Jair se viciasse, não iria lhe servir mais, não deixava que se drogasse, mas por ignorância fazia que se excedesse, não levando em conta a fraqueza do menino e sua idade.

Em casa, Jair tomou um banho e se deitou. A mãe, preocupada, ofereceu alimento, que ele recusou. Jair ficou no leito quieto, sentia muito cansaço, logo depois dormiu.

Fomos à casa do comerciante e fizemos que pensasse na Casa Verde. José pensou, matutou o porquê daquela casa ficar como que escondida e seus moradores serem tão estranhos. Fizemos que pensasse no padre para ajudá-lo a descobrir. Ele gostou da ideia. Desencarnados sugerem ideias a encarnados. Estas podem ser más ou boas, conforme a índole do espírito. Cabe ao encarnado distinguir e aceitar ou não as ideias sugeridas. Todos nós pensamos, estejamos no Plano Físico ou Espiritual. As ideias sugeridas como ocorreu com José, ele nem percebeu; achou, como a maioria, que eram pensamentos próprios. Mas nem todas as ideias e pensamentos que temos são sugeridos. Ouvimo-lo contentes falar à esposa:

— Prepare um bom almoço para amanhã. Vou convidar o padre para almoçar conosco. Assim conversarei com ele calmamente.

A mulher ficou contente, era religiosa e gostava do padre. José se pôs a fazer planos, agora sem nossa interferência. Ficamos ouvindo seus pensamentos. Ele ia convidar o padre para espiar a Casa Verde dos Rochedos.

Resolvemos, Gregório e eu, conhecer o Padre Anderson. Era jovem, boa pessoa, estava empenhado em ser um bom servo do Senhor. Com ele estava um desencarnado, Vicente, que no corpo físico foi também um sacerdote. O desencarnado cumprimentou-nos sorrindo. Explicamos o motivo de nossa visita ao Vicente. Estávamos ali para ajudar Padre Anderson a auxiliar os encarnados que confiavam nele.

– *Não é fácil fazer Padre Anderson xeretar* – ele argumentou. – *Não gosta de se intrometer na vida de ninguém. Vou tentar ajudá-los.*

Como tínhamos feito toda nossa tarefa, voltamos ao Posto de Socorro e ficamos trabalhando até a hora de encontrarmos com Ambrósio. Às vinte e uma horas lá estávamos e trocamos informações. Gregório falou tudo o que pôde obter de informações e Ambrósio contou o que descobriu.

– *Este bando que vimos, estão filiados à cidade no Umbral que Antônio Carlos e Cláudia viram ontem. Trocam favores com os que estão no corpo físico. Estão aqui como poderiam estar em qualquer outro lugar onde pessoas vibram como eles. Jair pertenceu ao grupo quando desencarnado. Estão todos perturbados e encantados pelo dinheiro fácil ou por prazeres. Todos necessitam de orientação, mas não a querem no momento. Nosso trabalho será fazer com que a polícia descubra esta plantação e laboratório. Como também ajudar na recuperação de Jair. Vamos fazer tudo ao nosso alcance para que o comerciante José e o Padre Anderson descubram e comuniquem às autoridades.*

– Posso pedir a algum dos meus companheiros que trabalham com viciados na cidade onde reside Marcelinho para que tentem ajudá-lo? – perguntou Cláudia.

– Isto será muito bom – concordou Ambrósio.

Voltamos, agora os quatro, à casa do Padre Anderson. Nós o encontramos assistindo televisão. Vicente nos recebeu gentilmente.

– Necessitamos muito dele – explicou Ambrósio. *– É a única pessoa com instrução que pode nos ajudar.*

– Estou tentando fazer com que ele aceite o convite que o comerciante José fará. Ele reluta, não gosta de andar e nem de se intrometer em assunto que não lhe diz respeito – disse Vicente.

A atenção de Ambrósio foi para a estante cheia de livros. Depois de observá-la por instantes, dirigiu-se a Vicente.

– Este livro tem ótimas anotações sobre tóxicos. Peça ao Padre Anderson para dar uma olhada.

– Padre Anderson já o leu – explicou Vicente. *– Ele se interessa pelo assunto, mas, como por estes lados não existem viciados, não prestou muita atenção. Vou tentar.*

Vicente, espírito amigo de muitas encarnações de Padre Anderson, fixou nele seu olhar bondoso e pediu para ler o livro. Insistiu por dez minutos, até que, meio contrariado, o padre desligou a televisão e foi à estante pegar um livro.

– Não, este não! – insistiu Vicente olhando-o. *– Este! Isto! Agora leia!*

Vicente conseguiu que Padre Anderson pegasse o livro e folheasse, abrindo-o onde nós queríamos. Somos livres para atender a sugestões ou não. Alegramo-nos por ele ter atendido. Enquanto Vicente tentava, ficamos orando para que conseguisse. A parte do livro aberta mostrava desenhos da coca, explicando como era a planta. Padre Anderson olhou, leu alguns trechos, depois guardou o livro e arrumou-se para deitar. No leito, ele orou e aproveitamos para lhe transmitir fluidos salutares.

— *Por que estamos fazendo isto?* — indagou Gregório.

— *Para que amanhã ele esteja bem-disposto para nos ajudar* — respondi.

Depois o esperamos adormecer. Quando o fez, Vicente o tirou do corpo e levou-o até a sala. Estava meio tonto. Ambrósio e eu transmitimos fluidos ao seu perispírito e ele nos olhou mais lúcido. Vicente nos apresentou:

— *São amigos, querem sua ajuda.*

— *Padre Anderson* — pediu Ambrósio gentilmente —, *amanhã o senhor irá a um lugarejo celebrar missa. Ali perto existe uma plantação de coca que queremos que veja e denuncie às autoridades.*

— Plantação de coca? Nesta região quase deserta?!

— *Sim, uma plantação de coca. Esperamos contar com sua ajuda.*

— Não será perigoso? — o padre preocupou-se.

— *Estaremos lá para protegê-lo.*

Ambrósio conversava com ele, Gregório com seu modo ingênuo intrometeu-se:

— *É sua obrigação também ajudar. Não é sua tarefa livrar as almas do inferno? Os viciados não deverão ir para o* inferno? Deve salvá-los.

— *Por favor, Gregório* — interrompeu Ambrósio, fazendo-o calar-se.

— Quem é você? — perguntou Padre Anderson, autoritário. — Um simples cidadão a me dizer o que devo fazer!

Vicente o acalmou, levou-o ao corpo e veio ter logo conosco gentil como sempre. Despedimo-nos dele, que prometeu nos ajudar no que lhe fosse possível. Nisso, Padre Anderson acordou e levantou para tomar água. Na sala resmungou:

– Que sonho estranho, parecia real. Sonhei com um moço que me falou que devo tentar salvar os viciados do inferno. Que coisa!

Sabemos que o inferno não existe como Padre Anderson acreditava, porém Gregório falou com ele de acordo com sua crença. E, como isto foi o que mais lhe chamou atenção, acordou e recordou esta parte. Encontros assim sempre deixam alguma coisa ao encarnado, como ideias ou vontades.

Rimos, Padre Anderson foi novamente deitar. Gregório desculpou-se com Vicente.

– *Não quis ofendê-lo.*

– *Ora, fez bem, ele lembrou-se do que você falou. É realmente obrigação dele e de todos, principalmente dos dirigentes espirituais, livrar a humanidade dos vícios.*

Fomos ao Posto de Socorro, porque somente iríamos dar continuidade à tarefa no outro dia. Pusemo-nos com prazer a trabalhar entre amigos. Cláudia foi encontrar sua equipe e veio contente com a notícia.

– *A equipe vai ajudar Marcelinho, encontramos seu tio Mário e podemos contar com a ajuda desse senhor, que é muito religioso e bom.*

Pela manhã, reunimo-nos e descemos ao rochedo. Ambrósio explicou:

– *Vamos procurar neutralizar os guardas desencarnados para que não vejam o padre e o comerciante por aqui.*

O guarda da gruta dormia, ali era fácil ser vigia, ninguém ia ao rochedo. Ambrósio e eu fixamos nele e desejamos que ficasse dormindo por horas sem acordar. Não posso explicar com detalhes este processo para não dificultarmos este trabalho no futuro. É algo parecido com uma hipnose. Com força magnética, mental e moral superior à dele, ordenamos que continuasse a dormir pelo tempo que queríamos, sem acordar. Findo o tempo fixado, ele acordaria normalmente e muitas vezes sem perceber o que ocorreu. Com desencarnados maus, que têm conhecimentos, este processo é muito difícil e às vezes impossível de se realizar.

— *Vocês não vão tentar convencer ninguém a mudar a forma de viver?* — indagou Gregório curioso. — *Não vamos tentar orientar este bando de desencarnados?*

— *Na hora certa vamos conversar com eles, convidá-los para ficar conosco, largar esta vida de erros e conhecer o Amor* — determinou Ambrósio.

— *Será que aceitarão?* — Gregório queria escutar uma afirmação.

— *Eles têm o livre-arbítrio para escolher, poucos como eles têm aceitado mudanças, porque esta forma de viver lhes agrada e não querem no momento se modificar.*

— *Não poderíamos forçá-los?*

— *Não vejo necessidade, Gregório* — explicou Ambrósio. — *Às vezes, forçamos alguns desencarnados, a pedido de encarnados que estão sendo por eles prejudicados. Em trabalhos, quando defrontamos com desencarnados trevosos, tentamos sempre convencê-los a se modificarem para o bem. Mas para tudo existe o tempo certo. Só quando o espírito, tanto encarnado ou desencarnado, está saturado de prazer ou de sofrer é que normalmente busca outra realidade, a verdadeira. Conosco aconteceu assim, com eles também acontecerá. Iremos interferir com*

Xarote, ele e Jair estão muito ligados. Mesmo sendo o grupo desfeito, os dois certamente ficarão juntos, assim sendo, não poderemos ajudar o filho de Sara. Jair sem interferência de Xarote terá chance de se reabilitar.

Gregório chegou perto do guarda adormecido.

– *Posso observá-lo melhor?*

Ambrósio concordou e nos aproximamos. Sua vibração era muito primitiva, exalava um odor desagradável. Sua fisionomia era feia, grosseira, lábios grossos e contraídos, as mãos estavam fechadas e a testa franzida. A beleza e a feiura diferem no Plano Espiritual e no físico. Beleza, para os desencarnados no caminho do progresso, é ter harmonia, equilíbrio e paz, independente dos traços fisionômicos, raça e cor. Não ser bonito é ser desprovido destes atributos.

Bastou fixar em sua mente para desfilarem muitas maldades cometidas por ele. Não aprofundamos, no momento não nos interessavam as ações daquele irmão. Quando fazemos isto é para ajuda ou para estudo.

Entramos na gruta e Ambrósio virou a caveira chamando por Xampay, como vimos um guarda anteriormente fazer. Não demorou, Xampay com dezoito desencarnados chegaram e nós os adormecemos. Assim, evitaríamos que vissem Padre Anderson e o comerciante José nas redondezas. Só um guarda encarnado estava a trabalho na Casa Verde. Aproveitando que estava com sono, também foi fácil fazê-lo dormir.

Fomos para perto dos encarnados dos quais esperávamos ajuda. Padre Anderson aceitou com prazer o convite para almoçar com José. Durante o almoço, lembramos José para iniciar o assunto pelo qual estava bem curioso. E ele nos atendeu. Falou de tudo, da possibilidade da Casa Verde ser esconderijo de bandidos, de ter de fato assombrações, ou de ser moradia de pessoas boas e caridosas que poderiam ajudar o padre com as obras assistenciais.

Padre Anderson reclamou, não gostava de andar, teria que celebrar uma missa à noite. Vicente disse-lhe com autoridade:

– *Vá! Vá!*

– Vou – concordou o padre quase sem querer.

José levantou-se e quase o arrastou para fora. Tomaram o caminho do rochedo. Da aldeia para ir à Casa Verde tinham que passar perto do rochedo. O padre foi reclamando, ora do calor, ora das pedras, mas foi.

Chegaram ante as árvores e viram a plantação. Padre Anderson assustou-se e se pôs a examinar uma folha.

– Virgem Maria! Que plantas são estas embaixo destas árvores?

– Dizem que são para fazer chá – informou José. – Ou tempero para gente importante. Estou desconfiado! Algo estranho deve acontecer por aqui. Que plantação esquisita que tem que ser cultivada embaixo de árvores, parece mais que a escondem. Será que chá dá tanto dinheiro assim?

– Vamos conversar baixinho – advertiu Padre Anderson. – Isto é coca!

– Coca de Coca-Cola?

– Não, coca de cocaína. É uma plantação que faz muito mal.

– Veneno? Credo! – José se benzeu.

– Veneno – repetiu o padre. – Vamos voltar rápido e nos esconder. Aqui devem morar bandidos perigosos que certamente não gostam de intrometidos. Você, José, não deve contar a ninguém que viemos aqui e nem que vimos a plantação. E você me disse que poderia ser moradia de pessoas boas que ajudariam a igreja!

— Mas também falei que poderiam ser bandidos — defendeu-se José.

— Como ia imaginar bandidos por aqui neste fim do mundo?

— Fim não, senhor, começo.

— Começo, fim — replicou o padre. — Você sabe onde termina ou começa o mundo?

— Eu não sei. O senhor sabe?

— Hum! — resmungou o padre. — Vamos embora, avisarei a polícia da capital, mas, quando chegar em casa, para seu próprio bem, José, fique calado. Senão eu o excomungo.

— Credo! Virgem! Eu não falo, juro pela Virgem Maria.

— Jura mesmo? — O padre estava preocupado.

— Juro!

Padre Anderson entendeu que se José falasse poderia ser perigoso, os proprietários daquele lugar poderiam matá-lo. Voltaram apressados e o padre não reclamou mais, estava preocupado com a descoberta. Amava os moradores simples da aldeia e sabia do perigo que todos corriam. Traficantes quase sempre são pessoas perigosas.

Assim que os dois chegaram à aldeia, Padre Anderson foi para outra vila celebrar missa, José foi para sua casa e, como prometeu, não comentou nada do que descobriram. Os desencarnados do bando acordaram achando que somente deram um cochilo sem importância, voltaram rápido aos afazeres sem se importar com o ocorrido.

Ambrósio e Cláudia foram à capital para se certificarem do local em que a denúncia do Padre Anderson seria feita com maior segurança. Voltaram logo com todas as informações de que precisávamos.

Aguardamos ansiosos os acontecimentos.

CAPÍTULO 6

Histórias de amigos

Ficamos no rochedo esperando que Padre Anderson chegasse a sua casa para fazer a denúncia. Conversamos trocando ideias. Com tudo planejado, envolvemo-nos num silêncio acolhedor. Olhei para Gregório, que, sentindo-se observado, sorriu para mim de maneira agradável.

— *Gregório, por que não nos brinda com sua eloquência atrativa? Conte-nos sua história* — convidei-o interessado.

Notando em nós três o interesse, Gregório não se fez de rogado e narrou entusiasmado:

— *Sou o terceiro filho de uma família de sete irmãos. Meus pais eram pobres, mas tudo fizeram para que estudássemos.*

Fizemos com sacrifício, todos, até o antigo primário. Somente uma irmã e eu continuamos cursando o ginasial. Sempre fui uma criança doente, de saúde precária, sempre gripado e tinha muitas crises de bronquite e amigdalite. Tomava muitos remédios que me faziam mal e vomitava com frequência. Também estava sempre anêmico. O que mais achava ruim era que, quando doente, não podia brincar com as outras crianças. Entre uma doença e outra passei infância e mocidade. Estudei com vontade, gostava de aprender. Com notas muito boas acabei o antigo ginasial. Uma professora intercedeu por mim e a prefeitura me deu uma bolsa de estudo para o colegial, que na cidade em que morava era um curso pago. Logo que acabei o colegial, arrumei um emprego num escritório de engenharia. Doutor Francisco, o engenheiro, queria um auxiliar que tivesse qualidades mínimas para desenhos e boa vontade de aprender. Fiz o teste, ganhei o emprego e fiquei muito contente. Sempre gostei de desenhar, admirava obras de arte, principalmente quadros e esculturas, ia às bibliotecas e me encantava com os livros sobre o assunto. Sonhava em poder ser artista, em ter cursos de desenho ou estudos para ser construtor, um engenheiro, como Dr. Francisco. Mas não dispunha de recursos nem financeiros e nem de saúde. Com meu ordenado, passei a ajudar em casa, meus pais já envelheciam. Mas era com remédios que gastava quase todo meu salário. Dr. Francisco era boa pessoa, simples e inteligente, tinha paciência em me ensinar e eu aprendia com incrível rapidez. Tornamo-nos bons amigos. Ele me dava roupas boas que ele não mais usava e minha mãe as reformava. Passei então a andar bem-vestido. Dr. Francisco permitia que eu lesse seus livros de estudos e pesquisas, chegava a me explicar o que não entendia. Costumava dizer "Gregório, você é um engenheiro nato, só falta estudar."

Três anos passaram tranquilos e foram os melhores que tive nesta encarnação. Dr. Francisco ficou viúvo, ele tinha duas filhas pequenas. Foi um período difícil para ele. Ajudei-o como podia. Estava nessa ocasião com vinte e três anos e nunca namorara. Saía pouco, o sereno me fazia mal e estava sempre tossindo e com o nariz destilando. Só eu e meu irmão caçula estávamos solteiros. Meus pais sempre cuidaram de mim e eu lhes era grato por isto.

Conheci Vitória quando ela foi ao escritório conversar com Dr. Francisco. Era professora de sua filha mais velha. Achei-a encantadora, educada, atenciosa. Começou a frequentar muito o escritório. Senti-me diferente, me entusiasmei e, quando percebi, já a amava. Um dia, depois de muito ensaiar, confessei meu amor. Ela me olhou séria, suspirou e falou, tentando ser o mais delicada possível:

– Gregório, você é um bom rapaz e o considero meu amigo. Mas já há um tempo que Francisco e eu namoramos. Não percebeu? Planejamos nos casar logo, eu gosto muito dele. É melhor esquecermos essa nossa conversa. Não falarei a ninguém sobre isto, nem a Francisco.

Saiu do escritório me deixando sozinho, segurei para não chorar. Sentia-me como um idiota. Achando mesmo que todos enamorados agem como idiotas. Talvez, se saísse de casa mais vezes, teria percebido que namoravam, os teria visto juntos.

Vitória cumpriu o que prometeu, não falou nada a ninguém, mas diminuiu suas idas ao escritório e, quando ia, me cumprimentava gentilmente, porém não ficava conversando mais comigo como antigamente.

Tudo fiz para esquecê-la, mas não consegui. Resolvi começar a sair para passear, não me esforcei mais para me alimentar direito e não liguei mais para tomar os remédios como antes. Como não era feio, muitas mocinhas se interessaram por mim, aumentei meu círculo de amigos, mas não namorei ninguém. Por estar sempre como se estivesse gripado ou resfriado, escutava muitos comentários sobre o assunto. Um dia, uma garota me disse:

– Gregório, por que você se trata com esse médico já velho? Por que não procura um bom especialista?

Comentei no escritório, Dr. Francisco me deu total apoio, achando que deveria mesmo me tratar. Tirei uns dias de folga, fui a uma cidade grande, marquei uma consulta com um médico de renome, um especialista dos pulmões. O facultativo, muito simpático, me pediu muitos exames em que gastei todas minhas economias, mas recebi o diagnóstico, estava com tuberculose. Naquela época era raro sarar dessa doença. Senti medo, mas fui animado pelo bondoso médico. Tirei licença do emprego e fui para Campos do Jordão e fiquei numa pensão por quatro meses. Meus pais, irmãos e até doutor Francisco me ajudaram nas despesas. Senti-me bem melhor, voltei ao consultório do especialista e novamente fiz os exames. A melhora foi aparente. Não querendo sacrificar meus familiares, pois todos eram pobres (minha mãe para me ajudar estava fazendo doces para vender), resolvi voltar para minha cidade e continuar o tratamento lá mesmo. Não saí mais para passear, só para trabalhar. Mas, como vi que colegas tinham medo do contágio, pedi para fazer meu trabalho em casa. Doutor Francisco ficou aliviado, assim, minha mãe buscava e levava para mim a tarefa que fazia antes no escritório. Vitória casou-se com Francisco, continuei a amá-la. Piorei, sentia-me fraco, magro e abatido. Meses depois, senti-me tão mal, que mamãe me internou no hospital. Doutor

Francisco e Vitória sempre iam me visitar. Uma tarde, ela compareceu sozinha e disse, segurando a minha mão:

– Gregório, desculpe-me se o fiz sofrer, não era minha intenção, quero-lhe bem como amigo, mas amo muito Francisco.

– Vitória, seja feliz, gosto muito de vocês dois. Desculpe-me você se a perturbei – disse com dificuldade.

Dias depois, desencarnei. Adormeci e acordei num outro hospital em uma Colônia. Não fiz grandes obras encarnado, passei pela vida na matéria e nada fiz de bom; mas sofri com paciência e resignação, não fiz nada de mal, por isso mereci ser socorrido. Quis sarar e logo estava bem. Estava cansado de doença, imagine trinta anos doente. Certamente não sofri à toa. No século passado, fui um grande arquiteto e tinha por ajudante doutor Francisco, que era casado com Vitória. Todos nós tínhamos outros nomes, mas isso não importa. Que é um nome? Um título que passa, tivemos muitos e teremos outros tantos. Eu era rico e importante, planejei e construí grandes obras e muitas prisões, sempre bem fechadas e de difíceis fugas. Doutor Francisco sempre me alertava que as prisões eram muito fechadas, com pouca ventilação e que os presos ficariam doentes. Mas eu não ligava para aquilo, elas eram bem-aceitas. Apaixonei-me por Vitória, ela não cedeu ao meu interesse, aguardei. Um dia, doutor Francisco envolveu-se num crime; numa briga de bar, matou um homem. Poderia tê-lo defendido, mas não quis e nem o ajudei. Ele foi para uma das prisões que me ajudou a construir. Vitória, passando muitas dificuldades, acabou sendo minha amante, porém ela nunca deixou de amar doutor Francisco. Quando ele saiu da prisão, estava muito doente, com tuberculose. Cansei de Vitória, deixei-a ir embora com o doutor Francisco e os ajudei financeiramente, mas ele logo desencarnou. Fiquei doente e sofri *ao desencarnar. Após muito sofrer, fui socorrido, anos depois nos reencontramos. Os dois me perdoaram e reencarnamos.*

Ainda há necessidade de prisões na Terra, mas que estas sejam planejadas com respeito ao ser humano e devem ser um educandário onde se trabalhe e estude.

O remorso me fez adoecer, quis e senti que deveria ficar doente, porque muitos adoeceram por minha imprudência, embora não fosse culpado por alguém ter ido para a prisão. Sei agora que poderia ter encarnado e ter feito o bem, ajudado pessoas e não precisava adoecer. Mas não me sentia apto, temia errar novamente, porque sei que muitos planejam trabalhar para o bem e, encarnados, se perdem na ilusão da matéria. Sinto agora ter feito o que fiz no passado, mas não tenho mais remorso destrutivo. Quero me preparar e voltar para reparar meus erros, fazer o bem. Talvez como construtor, para planejar escolas fabulosas e hospitais espetaculares."

Gregório quietou-se e enxugou algumas lágrimas. Percebendo que nós o observávamos, tentou sorrir.

— Desculpem-me, sou um tolo, penso que ainda levarei tempo para não me emocionar com os acontecimentos de minha vida.

— Não, você não é tolo — Ambrósio foi gentil. *— Quando reencarnar, com certeza teremos um grande construtor que, além de escolas, hospitais, planejará penitenciárias-modelo.*

— Por favor, prisões não...

Rimos, olhei para Cláudia e convidei-a a falar. Depois de uma pausa, saiu da meditação e narrou sua bela história.

— Venho de erros e mais erros nas minhas reencarnações. As plantas estão na natureza para serem úteis. Contudo, sempre há abusos. Como a faca, útil para cortar alimentos, muitas vezes

servindo para ferir e matar. Plantas que são remédios balsâmicos, usados para viciar criaturas levando-as à dependência, à morte física e a muitos sofrimentos. Gosto de pesquisar, há muitos anos, há milênios venho me dedicando à Medicina e sempre interessada em ervas. Numa das minhas encarnações, misturei ervas alucinógenas e testei em prisioneiros com o consentimento do rei. Queria ver os resultados das pesquisas. Vi com horror seu poder de viciar. Senti muito o que fiz com aqueles pobres prisioneiros. Mas não parei de pesquisar em todas as minhas encarnações. Nesta última, quis reencarnar como mulher e trabalhei numa farmácia com meu marido. Conhecimentos adquiridos podem adormecer com o esquecimento de encarnado, mas são nossos. Tinha muita facilidade em preparar remédios e maravilhava-me com as ervas. Tinha duas filhinhas e vivia bem. Para não ficar somente eu de mulher na farmácia, contratei uma moça para me ajudar. Ela era interessada e parecia querer aprender. Contente com o interesse, expliquei a ela muito do que sabia.

"– Aqui está uma mistura bem venenosa – mostrei a ela. – Este remédio pode matar rápido. Testei em ratos e deu certo.

Depois vim a saber que essa droga bem simples de preparar, fora eu quem descobrira em uma das minhas encarnações passadas. Um dia, após tomar um refresco oferecido por minha ajudante, desencarnei. Só mais tarde, quando socorrida, vim a saber que fui assassinada. Minha ajudante apaixonou-se pelo meu marido e resolveu me afastar do caminho me matando. Perdoei-lhe, meu marido não soube e nem participou do meu assassinato, mas acabou casando com ela. Preocupei-me com minhas filhas, mas minha sogra as levou para sua casa logo que desencarnei e ela as criou muito bem. Muitos anos depois, socorri minha ex-ajudante, ela me pediu perdão e eu lhe perdoei. Logo após eu ter sido socorrida, interessei-me pelos assuntos que tanto amo, Medicina e ervas. Plantas tão úteis que em mãos de inconsequentes tornam-se tão perigosas e nocivas. Após um treino e muito estudo, resolvi trabalhar em ajuda dos que abusam delas, das nossas plantas. Este trabalho tem me ajudado muito, educo-me, aprendo e preparo para que, ao reencarnar, venha ser uma especialista a ajudar muitos que ainda estão presos aos vícios e abusos."

Cláudia calou-se pondo fim a sua narrativa. Quietamos por instantes, pensando talvez cada qual na sua vida. Sempre temos objetivos, planos que no decorrer dos tempos podem ser mudados. Mas que bom tê-los! Que felicidade é ver que com esforço, trabalho e perseverança conseguimos tornar realidade nossos sonhos. E como é bom, ao termos feito, realizado estes objetivos, nos vermos mais ricos em conhecimentos e experiências, para fazermos outros planos e tentar alcançar outros objetivos. A vida não para e para nossa alegria temos sempre oportunidades de caminhar, fazer, aprender e planejar...

CAPÍTULO 7

Conversando com o bando

Voltamos nossa atenção para José e Padre Anderson. O comerciante ficou preocupado com as recomendações do padre, resolveu não contar nada a ninguém e esperou os acontecimentos com medo.

Padre Anderson foi celebrar missa em outra localidade e somente à noite foi para casa. Em seu lar, pegou a lista telefônica e se pôs a procurar o telefone da delegacia da capital do estado. Naquela época a ligação telefônica não era tão fácil como atualmente. Tinha que falar com a telefonista e marcar a ligação ou esperar um tempo para que fosse completada.

Cláudia, que já tinha ido pesquisar a delegacia que ia receber a informação, nos trouxe a notícia:

– *Trabalha nessa delegacia Adalberto, um profissional correto que investiga tóxico pela região. Ele deverá estar na delegacia amanhã após as oito horas.*

Vicente ficou junto ao Padre Anderson quando este pegou o telefone e pediu à telefonista a ligação. Com a informação de que levaria horas, Padre Anderson pediu então para que ficasse para o outro dia, após as oito horas. Estava cansado e queria dormir.

Enquanto aguardávamos, fomos ver Jair. Este estava triste, aborrecido, não tinha saído de casa, não foi à missa com a família; sempre dava desculpa e não ia. Estava com vontade de ir embora daquele lugar, a aldeia o chateava. Foi quando vimos Xarote se aproximar, os dois foram para o fundo do quintal e, num tronco de uma árvore, Jair pegou uma garrafa de cachaça e bebeu de um só gole uns quatro dedos do líquido. Depois a escondeu novamente e tomaram o rumo da praia. Xarote gostava de Jair, prejudicava-o inconscientemente, por ignorância, pensando mesmo que até o ajudava. E a explicação de Ambrósio sobre este assunto nos foi de grande valia.

– *Todos nós temos que nos esforçar para aprender. Vivemos sem conhecimentos, porém sem estes não seremos tão úteis e nem viveremos com o aproveitamento que se poderia ter. Uma pessoa analfabeta vive, mas, se sabe ler, vive melhor e, se tem conhecimento, aproveita mais a oportunidade da encarnação. Em todos os setores, seja doméstico, profissional e social, conhecimentos ajudam muito. E espiritualmente também. Estudar, conhecer a religião que se pratica traz a compreensão desta e consequentemente uma religiosidade maior. Médiuns não fogem à regra. Encontramos médiuns em muitas religiões e, atualmente no Brasil, muitos destes sensitivos procuram explicações do que sentem nas diversas religiões que usam da mediunidade, para intercâmbio entre desencarnados e encarnados. Infelizmente em tudo que existe há abusos. Mas muitos por ignorância agem como Jair e Xarote, porque a ignorância existe em muitos encarnados e desencarnados. Jair, por desconhecer o que é um intercâmbio sério entre os dois planos, acha que tudo que lhe acontece é normal e Xarote pensa que protege o garoto e o prejudica.*

– *São culpados?* – indagou Gregório a Ambrósio.

– *Aquele que não sabe das ordens do Senhor e errou receberá poucos açoites, disse o Mestre Jesus. Mas receberá porque, Gregório, todos nós temos a noção do bem e do mal. Muitos preferem a porta larga da facilidade, estudar e aprender podem ser dificultosos a espíritos ociosos. Muitos infelizmente estão agindo como Jair e Xarote, fazendo favores um ao outro sem querer analisar se estão certos ou errados ou se eles se prejudicam mutuamente.*

Jair logo voltou sozinho e foi dormir. Cláudia visitou Marcelinho, filho de Euclides, e nos informou o que seus amigos descobriram sobre ele:

– *Marcelinho está em perigo. Viciado, já não consegue ficar sem a droga. Começa a vender objetos pessoais como também a revender a droga para amigos. Ele a compra de um traficante que por sua vez é um vendedor de Euclides. Ele está se destruindo com o tóxico que seu pai planta e prepara. Localizamos seu tio Mário; é boa pessoa, professor, casado e com filhos que são bons adolescentes. Mas atravessa um período difícil, ganha pouco e está com a esposa doente. Achamos que, mesmo assim, ele pode ajudar Marcelinho.*

– *Vamos tentar aconselhar Marcelinho,* – decidiu Ambrosio – *ele nos ouvirá se quiser. Vamos também aproveitar que ele já está com vontade de pedir ajuda ao tio e incentivá-lo a fazer. Muitos são os viciados em tóxico pelo Brasil e pelo mundo. Há os que incentivam ao vício tanto encarnados quanto desencarnados, como há também muitos que têm ajudado na recuperação destes indivíduos nos dois planos, físico e espiritual. Todos que querem ajuda a encontram. Mas somos livres e ouvimos a quem queremos, bons ou maus. Não podemos forçar ninguém. Nossa ajuda a Marcelinho, como a tantos outros em situações semelhantes, é de aconselhar e indicar ajuda; porém cabe ao indivíduo ajudar a si mesmo, primeiramente querendo, depois pedindo e procurando o auxílio necessário.*

Padre Anderson acordou cedo no outro dia e voltou a pesquisar no livro de sua estante.

"A planta que vi é coca mesmo!"

Logo depois, às oito horas da manhã, a ligação ficou pronta e Adalberto por incentivo de Cláudia atendeu o telefone. Padre Anderson se identificou, porém pediu para ficar anônimo. Explicou detalhando ao policial sua descoberta. O policial agradeceu e Padre Anderson suspirou aliviado ao desligar.

O policial Adalberto anotou detalhes, pesquisou no mapa e resolveu investigar junto com outros dois policiais de sua confiança. Iriam à noite na região, de lancha, e sem serem vistos comprovariam se era verdadeira a denúncia.

– *Não será perigosa esta investigação?* – indagou Gregório.

Ambrósio respondeu amável como sempre:

– *Creio que não. São homens treinados, vão armados e com rádio, e, a qualquer perigo, chamarão por reforço. Sabem do perigo e serão cautelosos.*

Enquanto esperávamos o anoitecer, fomos ao Posto de Socorro onde ajudamos seus trabalhadores em suas inúmeras tarefas.

Eram vinte horas quando nos dirigimos à gruta. No rochedo, Ambrósio esclareceu nosso acompanhante.

– *Gregório, vamos entrar na gruta e conversar com o bando. Vamos nos tornar visíveis a eles. Não temendo e confiando, eles não poderão fazer nada conosco. Convido-o a vir também.*

– *Vou sim, confio em vocês e sei que o que escutarei será de grande proveito para mim. Gostaria de saber por que muitos do bando têm nomes tão estranhos.*

– *São apelidos. Não são todos os desencarnados, vivendo por um período na maldade, que agem assim. Achando que os nomes exóticos os fazem mais importantes, adotam apelidos que podem parecer estranhos ou engraçados, porém diferentes. Normalmente tiveram na última encarnação nomes comuns e, como não querem parecer vulgares, inventam apelidos.*

Entramos na gruta, Ambrósio virou o crânio chamando pelo grupo desencarnado. Vieram dez deles. Ambrósio anunciou:

– *Senhores e senhoras, temos muito que conversar. Por favor, que um de vocês chame todo o grupo.*

– *O chefe não irá gostar da invasão* – disse um deles. – *É melhor vocês saírem daqui.*

– *Se invadimos, é melhor você ir chamá-lo, porque não vamos sair daqui e vocês não poderão nos tirar.*

Fizeram uma rodinha e cochicharam, concluíram que era melhor chamar todos. Três deles saíram e os outros ficaram nos observando.

Esta conversa tinha duas finalidades. Como Ambrósio já falara a Gregório, iam todos do bando ter oportunidade de mudar a forma de viver, e a conversa seria naquele horário para que todos reunidos não vissem os policiais pela redondeza. Esperamos por quarenta e cinco minutos e aí eles foram chegando. Conhecíamos todos, já os víramos na festa e de guarda pela redondeza. O chefe louro veio também e ficou quieto no meio deles. Entraram com muitas armas com as quais pensavam impor respeito.

Estávamos Ambrósio, Cláudia, Gregório e eu tranquilos, em pé e quietos. Quando todos chegaram, Ambrósio falou:

— *Peço-lhes licença por estar aqui entre vocês.*

— *Veio à nossa gruta sem licença* — retrucou Xampay.

— *Sua? De vocês?* — indagou Ambrósio. — *O que realmente nos pertence? Não, meu amigo, usam deste lugar, mas ele lhes pertence?*

— *Xi, vai nos dizer que pertence a Deus* — riu Xampay.

— *E você contesta este fato?* — perguntou calmamente Ambrósio. — *Se contesta, diga-nos o porquê.*

— *Ora, fale logo por que veio* — Xampay enfureceu-se. — *Querem droga?* — Mudou o tom de voz para irônico. — *Podemos repartir, tem para todos.*

— *Não, não queremos tóxico. Viemos para conversar. Esta organização deve ser desmanchada. Os encarnados devem ser descobertos.*[1]

---

1 N.A.E.: Particularmente, agimos como narro a estes irmãos no erro, sejam encarnados e desencarnados. Mas cada caso é um fato diferente e nem sempre há desencarnados trabalhadores do bem envolvidos em tramas assim.

O chefe louro deu o primeiro sinal de insatisfação. Olhou-nos furioso e continuou calado. Xampay continuou a falar:

– *Permaneceremos unidos. E vocês não podem interferir na nossa maneira de viver. Se Deus permite, por que vocês não?*

– *Tudo nos é permitido* – continuou Ambrósio a elucidar –, *mas nem tudo nos convém. Viemos conversar e não interferir. Todos nossos atos a nós pertencem e teremos um dia de sentir as consequências boas ou más deles. Quem faz o mal, a si o faz. Por que se gabam de serem livres se são escravos de seus vícios e procedem como empregados a obedecer chefes?*

– *Claro que somos livres!* – repetiram juntos alguns deles.

– *Não, meus amigos* – replicou Ambrósio. – *Ninguém é livre quando se afunda num mar de lama. Ninguém é feliz e livre distanciado do Pai, infelicitando o próximo e vivendo em erros. Vocês sabem que terão a reação de cada ação errada. Temos sempre a oportunidade da reparação pelo amor, mas sabem também que a dor, quando se recusa a oportunidade do bem, vem para ensinar. Vivem com esta expectativa e com medo um do outro. O filho que se afasta do Pai só pode ser infeliz.*

Cochicharam, muitos queriam sair, outros, até nos atacar, porém o chefe e seus principais colaboradores sabiam que, se nós quiséssemos, eles não iriam conseguir sair dali; resolveram ficar e continuar a conversa. Enquanto cochichavam, ficamos em silêncio aguardando. Quando aquietaram, Ambrósio falou:

– *Aqui estamos não para competir forças, e sim para alertá-los que existe outra forma de viver. Somos desencarnados como vocês, somente nos diferenciando por tentar seguir o bem. Temos o mesmo caminho a percorrer. Nós estamos caminhando para o progresso e vocês pararam. A lei do progresso é para todos. Temos que ir em frente ou pelo amor ou pela dor.*

Vocês têm permissão para parar, mas quanto tempo durará esta parada? Nós os convidamos neste momento a caminhar. Estamos aqui oferecendo ajuda para uma mudança de vida, para que sigam com compreensão e amor. Nossos erros estão em nós e não conseguimos fugir de nossas ações. Pensem sinceramente e analisem. São felizes? Ninguém é venturoso separado do Criador. Somente seguindo o bem é que teremos a paz que nos levará a sermos felizes. Não estamos interferindo na vida de vocês e nem queremos obrigá-los a mudar. Mas os convidamos para uma nova forma de viver. Para a mudança ser duradoura é necessário que tenha como nascimento a compreensão da alma e a visão das consequências das próprias ações. Aqui viemos a pedido de uma pessoa que, preocupada com os erros de um ente querido, porque está ciente das consequências dolorosas que certamente surgirão destas atitudes, pediu auxílio ao Alto e viemos em nome do amor impedir que continue a seguir no erro. Mas, como todo bem não é circunscrito a um indivíduo, queremos que atinja todos vocês, estando aí a razão do convite que lhes fazemos. Vocês têm a liberdade de ser como são, porém, continuando, serão cada vez mais insatisfeitos e temerão cada vez mais o retorno de suas ações. Queremos que pelo menos agora sejam sinceros consigo próprios. Vocês têm agido com incoerência e com estupidez. Pensam no futuro? Um dia este futuro será presente. E como será a vida de vocês? Nós não somos santos, falamos como companheiros que também tropeçaram no caminho percorrido. Convidamos não como superiores, mas como aqueles que anseiam que outros tenham a mesma paz que desfrutamos.

Fez-se silêncio por alguns segundos. Um deles levantou a mão e falou alto:

– *Posso fazer algumas perguntas?*

– *Sim, pode* – concordou Ambrósio.

– *Se formos com vocês, seremos obrigados a reencarnar?*

– *Todos nós devemos reencarnar para continuar nossa educação. Mas caberá a você decidir a época, será aconselhado a estudar, a trabalhar sendo útil, a preparar-se para voltar a usar a vestimenta carnal.*

– *Para onde querem nos levar serei livre?* – um outro quis saber.

– *Sim, serão livres. Nos Postos de Socorro, nas Colônias onde moramos não há escravos* – esclareceu Ambrósio com gentileza. – *Terá liberdade, mas dentro do nosso padrão, temos ordem e disciplina a serem seguidas. Liberdade consiste em não interferir na liberdade de outrem. Levaremos vocês para uma escola, onde farão um estudo básico. Neste período não poderão sair, após tê-lo concluído poderão escolher o caminho a seguir.*[2]

– *Terei outro chefe?* – indagou uma moça.

– *Não temos chefes. Terão instrutores amigos que os tratarão como irmãos, não se têm castigos e nem serão obrigados a nada.*

– *Pelo que sei, para onde nos levarão os que ficaram não poderão nos buscar. Mas, quando encarnarmos, aí poderão se vingar* – expressou outro preocupado.

– *Colheremos do que plantamos* – Ambrósio atenciosamente os elucidava. – *Não estarão isentos desses ataques. Entretanto, o*

---

2 N.A.E.: Como são desencarnados, sem educação, sem bons modos e rebeldes, são conduzidos a escolas especiais de recuperação que existem dentro de algumas Colônias, onde ficam sem poder sair, porque ainda, infelizmente, não têm condições para viver livres pelas Colônias ou Casas de Auxílio nos Planos Espirituais. Após o aprendizado, podem ser moradores destes lugares de ordem e tranquilidade. Como não estão doentes, não podem ser conduzidos a hospitais. Estão ativos, querem atividades e estas escolas oferecem um curso especializado a eles, com muito proveito.

tempo passa, teremos outros afazeres e esses que vocês temem também terão. Depois, podem até reencarnar em outros países.

Ambrósio respondia gentilmente, só um grupinho perguntava, os outros ficaram quietos. A força moral impõe respeito; se fossem desencarnados sem preparo e conhecimento a falar com eles, seria outra a reação, iriam gritar, vaiar e debochar. Mas sentiam-nos mais fortes e escutavam, embora sorrisos cínicos bailassem nos lábios de muitos. O chefe justificou que ficou curioso, por isso nos escutou. Eram curiosos, mas sentiam, sabiam que escutavam verdades.

— *Lá vocês rezam muito?* — voltou a inquirir a moça.

— *Agora não estamos orando e somos habitantes de Colônias. Rendemos graças ao Criador, porque isto nos faz bem. Temos lazeres, estudamos e trabalhamos.*

— *Senhor, eu sou viciado, aguentarei ficar sem a droga?* — quis saber um outro.

— *Temos tratamentos especiais* — nosso orientador pacientemente tentava esclarecê-los. — *Você poderá se internar em um dos nossos hospitais e recuperar-se. Um dia terá que enfrentar seu vício e, com nossa ajuda, vencerá.*

Xampay, que escutara quieto, resolveu perguntar e o fez ironicamente:

— *Quem foi o imbecil que pediu ajuda a vocês?*

— *Que importa isto? Aqui estamos em nome de Jesus, irmãos ajudando outros.*

O moço que fizera perguntas deu uns passos à frente e argumentou:

— *Quando encarnado, fui religioso, e olhe como fiquei desencarnado.*

Ambrósio o olhou com carinho e respondeu. A voz do nosso amigo era clara e agradável, e pronunciava as palavras com tanto carisma que todos prestavam atenção.

– *Religiões são muitas, deveriam todas ser setas no caminho do progresso espiritual da humanidade. Entretanto muito tem o homem errado em nome das religiões. Ninguém que siga com sinceridade os ensinamentos de Jesus se perderá na ilusão. Religiões, amigo, foram e são criadas ao sabor da interpretação de alguns líderes que poderiam até caracterizá-las como seitas e não como religiões. Seus administradores na maioria não são idôneos para interpretar ou para instruir o espírito da letra. São homens ainda escravos do condicionamento que construíram através da caminhada da humanidade. Jesus deixou suas parábolas não explicadas. Precisamos estudar, meditar e nos esforçar muito para compreender o sentido espiritual de cada uma. Como muitos ainda não têm a compreensão verdadeira, interpretam à sua maneira, ou ao sabor dos seus desejos e conquistas, sejam elas materiais ou espirituais. Você foi religioso, cultivou as exigências rituais para conquistar direitos espirituais. Você foi avarento espiritual, o verdadeiro discípulo serve por compreensão e não para receber prêmios do seu mestre. Por isto convido-o para vir conviver com algumas pessoas que estão acima de prêmios e castigos e que descobriram a liberdade e o prazer de servir por compreensão, que é o sinônimo de amor. Amor não é sinônimo de paixão e nem de conquista.*

Todos quietaram e Ambrósio deu por encerrada a reunião. O chefe louro foi o primeiro a sair e foi seguido por todos, ou quase todos. Ali ficaram oito dos desencarnados, todos de cabeça baixa; o moço que muito perguntou pediu:

– *Senhor, queremos que nos leve daqui.*

Gregório conseguiu ficar quieto e o tempo todo observou tudo. Não se conteve após a saída do bando e se dirigiu a Ambrósio.

— *Por que não forçar todos a mudar de vida?*

— *Forçar todos a mudar de vida seria a destruição do livre-arbítrio. Ninguém seria culpado de seus erros, como também não se poderia dizer feliz por ter acertado. Os animais não são culpados por terem feito algumas agressões e nem agraciados por terem amor à sua prole ou bando. O homem recebeu de Deus a capacidade de arquivar suas experiências. Está entre dois extremos, o bem e o mal. Conhecendo estas duas forças, ele é livre para seguir o caminho que quer. Jesus nos disse que o mal sempre teremos. O mal há de existir, mas ai daquele que assim age. Quem é o prejudicado por cometê-lo? Ele vem em prejuízo de quem? De quem o pratica certamente. E quem o pratica? O homem. Portanto bem e mal estão circunscritos a um estado de vida do ser humano. Nós temos a liberdade de construir um ou outro para nós mesmos.*

— *Não vão tirar proveito de nada do que ouviram?* — perguntou novamente Gregório atônito.

— *Ficará na mente de vocês, gravado, o que se passou aqui* — continuou Ambrósio esclarecendo. — *Foi uma semente jogada. Esperemos que esta sementinha venha um dia brotar, levando-os a querer mudar e buscar socorro.*

— *Xarote não ficou* — observou Cláudia.

— *Por enquanto necessitamos de Xarote perto de Jair. Mais tarde falaremos com ele em particular.*

Nosso orientador reuniu os oito que ficaram, fizemos um círculo e nosso companheiro orou por eles.

– *Pai Misericordioso, escutai nossas vozes. Abençoai-nos nesta hora, iluminando nossa mente, levando-nos a despertar para o amor. Fazei que tomemos o caminho certo para que possamos, Pai, chamar por Vossa ajuda sem nos envergonharmos. Nossos erros são muitos, mas Vosso Amor é maior. Perdoai-nos, Pai, e dai-nos forças para render ao Vosso Amor Eterno.*

Uma senhora ficara a chorar sentida. Íamos transportá-los para a Escola de Regeneração da Colônia onde trabalhávamos no momento, quando ela se ajoelhou na frente de Ambrósio e pediu comovida:

– *Por favor, senhor, me deixe falar. Necessito dizer a vocês algo sobre mim. Preciso! Me deixe falar, por favor!*

✸

CAPÍTULO 8

A senhora do solar

Ambrósio pegou na mão da senhora e a fez sentar, todos nós sentamos em círculo. Nosso companheiro sorriu e lhe falou bondosamente:

— *Filha, lágrimas sinceras nos lavam. Se necessita tanto assim falar, faça-o, escutaremos com atenção.*

Por instantes só se ouvia o choro dela. Aos poucos, ela foi se acalmando e se pôs a narrar.

— *Chamo Maria Socorro, sou a senhora do solar, ou melhor, fui por uns tempos. O solar nem mais existe, é agora uma ruína. Fui casada na minha última encarnação com o senhor daquele lugar. O proprietário de uma casa muito linda numa cidadezinha próspera que se desenvolvia com rapidez. Meu marido Alan era um comerciante hábil e seus negócios eram seguros e rentáveis. Vivíamos felizes, eu era bonita e tudo fazia para agradar meu esposo. Tivemos um casal de filhos. Minha filha tinha oito anos e meu filho ia fazer seis anos, quando ocorreu uma desgraça. Meu filho foi com Alan verificar uma mercadoria que havia chegado ao porto em um navio e aconteceu um acidente. Uma carga caiu em cima do menino e ele desencarnou na hora. Choramos muito. Culpei meu marido inconscientemente pelo desenlace do menino. Acompanhava-os na ocasião Lisbela, a babá do garoto. Ela me pareceu sofrer muito com o ocorrido. A babá nos contou que o menino saiu de perto dela à procura do pai e a carga lhe caiu em cima.*

"Fiquei muito triste, mas, como toda dor o tempo suaviza, pensamos em ter outros filhos. Engravidei, o parto complicou e desencarnamos, a criança e eu.

Fui socorrida, mas não fiquei no local onde fui abrigada. Achei que era necessária ao lar e voltei. Amava demasiadamente aquela casa, que foi construída como queria; decorei-a com carinho. Ali era meu lar e ali ficaria. Mas logo vi a diferença, já não era mais a senhora. Meu esposo sentiu meu desencarne, porém não tanto como eu queria que sentisse. Somente minha filhinha sentia sinceramente minha falta. Nem os empregados sentiram meu desencarne, então entendi, eles me achavam grosseira e exigente. Levei um choque quando vi que Alan encontrava com Lisbela, eram amantes. Lisbela era atraente e interesseira, odiei-a com todas as minhas forças. Ela era viúva e tinha dois filhos um pouco mais velhos que minha filha, que completara onze anos. A intenção de Alan era tê-la somente como amante, mas acabou apaixonado por ela e criava seus dois filhos quase como se fossem dele.

Revoltei-me. Cheguei à conclusão que os dois, no dia do acidente em que meu filho desencarnou, descuidaram dele para ter um encontro amoroso. Mais tarde, anos depois, vim a saber que tinha sido isto mesmo. Os dois foram para uma casa perto do porto e deixaram o menino com um empregado. Ele saiu à procura do pai indo para um local perigoso e aconteceu o acidente. Erraram, mas não intencionalmente.

Quis interferir na relação deles, no entanto, vi-me impotente. Gritava pela casa:

— Odeio-os! Odeio-os!

Um dia, tive duas surpresas. Alan decidiu casar com Lisbela, que estava grávida. Isto me fez desesperar. A outra surpresa foi que, andando alucinada pelo solar, de repente vi minha fi-lhinha, ela veio encontrar comigo. Abraçamo-nos fortemente. Então percebi que o corpo dela dormia, ela saiu em perispírito e veio ter comigo. Minha filha Helena até então estava conformada com a situação, sentia minha falta, mas gostava de Lisbela, que a tratava bem, como também se afeiçoara aos dois filhos dela, que eram seus companheiros de estudos e brincadeiras.

Falei a Helena do meu ódio. Contei-lhe do meu modo os acontecimentos.

— Helena, você não pode permitir o casamento de seu pai com essa assassina. Os dois mataram seu irmão, me traíram. Você tem que odiá-los.

Helena ficou inquieta, voltou ao corpo e acordou indisposta. Preocupada, fiquei ao seu lado, começando assim um processo de obsessão. Obsidiei minha filhinha. Perto dela sentia-me melhor, passei a vampirizá-la, a lhe roubar energias e ela começou a sentir meus fluidos nocivos de ódio e angústia. Helena mudou, pediu ao pai que não se casasse com Lisbela, Alan estranhou o pedido e a repreendeu dizendo coisas grosseiras. Que ia se casar e não ia atender um pedido bobo de menina caprichosa.

Alan casou-se e eu, com mais ódio, passei a ficar mais com Helena. Ela tinha que se vingar deles para mim. Helena mudou, tornou-se triste, angustiada e doente. Alan preocupou-se muito com a filha como também Lisbela, que teve um filho. O rancor de Helena era conhecido por todos os amigos e parentes, que também não aceitaram muito o segundo casamento de Alan com uma simples empregada doméstica.

Helena queria que o pai se separasse de Lisbela, se ele não fizesse isto, ela prometeu não falar mais com ele. Alan sofria, gostava de Lisbela e temia perder a filha. Lembrava muito da desencarnação do filho por quem muito sofreu, como também ao seu modo sofreu com a minha desencarnação. Não queria se separar da esposa e sofria por ver a filha naquele estado.

Mas acabei por perder o controle sobre Helena. Ela se envolveu tanto com meu ódio que passou a odiar. Planejou uma grande vingança. No começo não entendi bem seus planos, só fiquei sabendo quando tudo estava pronto e não pude evitar.

Naquela ocasião, Lisbela estava grávida novamente e Helena tinha quase dezesseis anos. Alan e Lisbela estavam com ideia de casá-la para ver se tudo melhorava. Ela pareceu aceitar a ideia, disse que o pai podia dar uma festa para que conhecesse o pretendente à sua mão. Exigiu que a festa fosse organizada por ela e na ocasião faria as pazes com o pai e a madrasta. Aceitando as exigências, Helena convidou todas as pessoas importantes da cidade, os parentes e amigos do pai. Contratou mais empregados, organizou tudo para sair perfeito. Alan *sentiu-se melhor, achou que os problemas em relação à filha haviam acabado.*

Mas Helena preparava outra coisa. No subúrbio da cidade morava uma senhora, já bem idosa, que todos chamavam de doida e bruxa. Ela era desprezada na cidade. Quando Helena era pequena, ela e os filhos de Lisbela gostavam de ir brincar perto da casa dessa senhora e descobriram que ela fazia um veneno que matava rápido. Um dia, as crianças viram essa senhora dar veneno para um gato e ele morrer em seguida. Minha filha procurou-a e pediu uma dose do veneno. Disse que era para dar ao seu cavalo, que sofria por ter fraturado a perna. Explicou que queria que o animal morresse tranquilo como o gato. Por um preço razoável, a senhora lhe deu o veneno. Entendi, então, a intenção da minha filha e me desesperei piorando a situação.

Helena era querida pelos empregados, principalmente pelos mais velhos, que a viram nascer. Enganou a velha cozinheira, que era uma senhora boa e que gostava muito dela. Ainda sinto gelar por dentro quando lembro o que ela propôs:

— Prepare uma travessa bem grande, mande fazer uma em que eu caiba. Quero ficar dentro dela, linda e maravilhosa. Quando papai abrir a tampa eu saio de dentro e o abraço. Mas é surpresa e você tem que me prometer que não falará a ninguém.

— Eu prometo! Mas estranho sua surpresa. Não irá estragar sua roupa?

— Claro que não. Vai ser uma surpresa e tanto!

O dia da festa chegou. Tudo arrumado. A travessa foi colocada no meio da mesa que era comprida. Helena exigiu muitas flores e o salão ficou lindo. Como combinado, Alan e Lisbela somente desceriam para a festa quando lhes fosse ordenado. Helena vestiu um vestido branco, lindo e bordado. Vendo que tudo estava como planejara, mandou que saíssem os empregados do salão ficando só com a cozinheira, que a ajudou a deitar na travessa. Era uma peça bonita com a tampa toda trabalhada. Como foi recomendado, a cozinheira foi dar a ordem para que avisassem os patrões para descer ao salão.

Helena, assim que percebeu que a cozinheira saiu da sala, abriu um pouquinho a tampa e tomou o veneno, mas, para garantir que iria morrer de fato e para parecer mais terrível a cena que preparou, pegou um punhal que era do seu pai e se cortou. Foi cortando-se como conseguia, pulsos, garganta e o peito; eram cortes superficiais, mas que sangravam muito. Somente parou quando se sentiu mal e a visão foi enfraquecendo. Deixou o punhal sobre o peito e puxou a tampa ficando quieta. Fez ainda uma expressão de horror para parecer mais macabro. Mas nem necessitava, a desencarnação para ela foi um verdadeiro horror.

Oh, meu Deus! Que terrível foi vê-la assim. Fiquei desesperada ali no salão. Helena desencarnou logo após, o veneno era eficaz. Seu corpo morreu, mas não seu espírito. Ela ficou ali, junto ao corpo, sentindo o veneno lhe corroer como fogo, e os cortes que doíam profundamente.

Alan e Lisbela desceram. O salão ficava na parte térrea, o solar era um sobrado. Ficaram encantados com os arranjos, com a decoração da festa e com a expectativa de fazer as pazes com Helena.

Os convidados chegaram ao mesmo tempo em que os pais receberam o recado para descerem para a festa. Helena mandou também dizer que fora trocar de roupa e que desceria logo para o salão. Todos que foram convidados vieram e ansiavam pelo início da festa. Mas Helena demorava e o pai mandou os empregados atrás dela, não a encontrando. A cozinheira, inocentemente, mandou dizer a Alan que abrisse a travessa grande do centro da mesa, pois Helena ali se escondera para uma surpresa. Alan estranhou, pressentiu uma desgraça. Aflito, abriu a travessa. Gritos pelo salão. Lá estava minha filha, minha filhinha morta com muito sangue pela roupa, com os olhos arregalados de terror. Para mim era pior, não somente via seu corpo, como também via seu eu verdadeiro, seu espírito junto ao corpo desfalecido. Tentei tirá-la, desligá-la do seu corpo morto, mas não consegui.

Lisbela desmaiou e Alan sofreu demasiado. Foi uma tristeza. Uma festa macabra.

Helena ficou unida ao seu corpo físico, foi enterrada e viu seu corpo ser devorado por vermes.[1]

Fiquei ao lado dela; sofria, mas ela sofria muito mais. Depois de muito tempo de grandes dores e agonias, consegui tirá-la do cemitério e a levei para o solar. Já tinha nascido o outro filho de Lisbela. Alan e sua segunda esposa não eram felizes, estavam tristes e deprimidos. Cuidei de Helena como podia. Ela ficava muito no seu antigo quarto, que após sua desencarnação foi fechado. Sofria muito, tinha dores fortes e a cena que planejou com tantos detalhes não lhe saía da mente, levando-a ao desespero. No período que estive perto dela no cemitério, esqueci dos dois, da minha vingança. Ao voltar ao solar, meu ódio voltou com mais furor. Eles eram culpados. Lisbela teve outro filho, os

---

1 N.A.E.: Aquele que mata seu corpo acarreta muitas dores. Porém na Espiritualidade não há regra geral. Tudo é analisado com muita justiça. Mesmo obsediada, Helena teve o livre-arbítrio para fazer o que fez. O remorso e o arrependimento fazem com que suicidas sejam socorridos. Devemos sempre com carinho orar por pessoas imprudentes que cometeram este ato, levando-as a se arrependerem e serem socorridas. E familiares de pessoas que se suicidaram não se devem afligir. Devem pensar nelas com amor, perdoar-lhes e pedir para elas o socorro necessário. Deus é Pai Amoroso e nos atende sempre. E as pessoas que têm ideias suicidas que lutem contra elas, porque não vale a pena cometer este ato.

dois do seu primeiro casamento foram para a guerra e desencarnaram. Foi mais uma perda e eles sofreram muito.

Um dia vieram socorrer Helena. Explicaram-me que ela se arrependera e pedira ajuda a Nossa Senhora e que eles, trabalhadores do bem, a levariam para ser auxiliada. Convidaram-me para ir junto, recusei.

Fique no solar. Alan desencarnou e logo depois Lisbela. Nós três trocamos injúrias. Eu os acusei e os dois a mim. Helena veio ao nosso encontro, nos reuniu e pediu:

— Amo vocês. Errei muito. Sofri. Não se pode matar o corpo que Deus nos deu como fiz. Pedi perdão, fui perdoada e perdoei. Quero que vocês entendam que erraram, peçam perdão um ao outro e a Deus e venham comigo, necessitamos continuar nossa caminhada.

Alan e Lisbela concordaram, mas eu não. Achei que não fizera nada de errado e não ia pedir perdão nem perdoar.

— Mamãe — disse Helena —, *desencarnei de modo terrível, sofri muito, a senhora foi testemunha do meu sofrimento. Lembro-lhe que, antes da senhora voltar ao solar como desencarnada, eu era quase feliz, tinha aceitado o casamento do meu pai. Foi sua obsessão que nos levou a tantos acontecimentos ruins.*

— Filha ingrata! — gritei. *— Está me jogando na cara a ajuda que me deu? O que fez não passou de sua obrigação. Foi tola em se suicidar, deveria ter matado a impostora. Agora a odeio também!*

Os três foram embora. Fui vagar pelo Umbral. Mas não os esqueci, fiquei a vigiar se reencarnariam. Alan e Lisbela voltaram à matéria e me pus a vigiá-los. Corretos e bons, seguiram a infância e adolescência, tendo outros nomes, naturalmente. Mocinho ainda, ele engravidou uma namoradinha e Helena ia reencarnar. Revoltei-me, percebi os planos dela. O casamento ou a união de seus pais não ia durar, não se amavam e nada tinham em comum. Quando se separassem, ela ficaria com o pai, que mais tarde conheceria Lisbela e esta a criaria como se fosse sua mãe. Gritei tanto para ele não casar, que a fizesse abortar, e para a mocinha que fizesse o aborto e ela me obedeceu. Adorei ter desfeito os planos. Sei que todos, encarnados e desencarnados, temos nossa liberdade; que sempre recebemos muitos conselhos e opiniões boas ou más, e que atendemos a quem queremos.

Helena, meses depois, veio falar comigo. Não lhe dei atenção. Na tentativa de me chamar à realidade me disse:

– Mamãe, necessito reencarnar para esquecer meu passado delituoso. Fui abortada, sei de sua interferência, eles foram livres para escutá-la, e o que ocorreu me foi uma lição necessária. Matei meu corpo sadio. Agora, cheia de planos, voltei e eles foram interrompidos para que pudesse aprender a dar maior valor à vida. Meus pais erraram e responderam por isto. Tentarei novamente, talvez meus planos fracassem novamente, mas tentarei até dar certo. E, agora, Lisbela não será mais minha madrasta, mas mãe.

O fato ocorreu. Alan conheceu Lisbela e o amor retornou agora sem culpa, esqueceram o passado pela reencarnação. Eram pessoas boas e esforçadas. Estavam namorando quando ela ficou grávida, alegraram-se. Eu nada fiz dessa vez. Mas a gravidez, por um fato físico, não deu certo e Helena foi abortada. Os dois, Alan e Lisbela, sentiram a perda e choraram. Helena sentiu-se então querida e fortalecida para voltar daí a algum tempo, e desta vez dará certo com certeza.

Helena promoveu um encontro comigo, com Alan e Lisbela. Os dois desligados, enquanto o corpo carnal deles dormia. Lisbela me pediu:

— Maria Socorro, me dói vê-la assim tão sofrida. Esqueçamos tanto sofrimento, venha também recomeçar. Venha ser minha filha.

Fiquei quieta nesse encontro. Saí e os deixei. Voltei ao Umbral. Tenho andado neste tempo todo de um lugar a outro no Umbral. Faz uns dois anos que estou com este bando, mas sempre com a atenção voltada para os três. Tenho andado cansada, sinto que oram por mim, os três, principalmente Helena. Como também tenho pensado que fui eu a culpada de minha filha ter sofrido tanto. Hoje, aqui nesta gruta, escutando-o me comovi. Quero mudar, quero socorro! Mas fui, sou tão má! Como ser perdoada?"

Maria Socorro calou-se, encolheu-se toda. Estávamos quietos a escutá-la. Ambrósio levantou-se, aproximou-se dela e a abraçou. Maria Socorro aconchegou-se nos seus braços como uma criança necessitada de carinho e amor. Nosso companheiro falou a ela:

— Minha filha, somos todos perdoados quando pedimos perdão com sinceridade. Quem não errou? Ninguém a condenará. Lembro-a da passagem do Evangelho quando levaram uma mulher pecadora a Jesus e Ele ensinou que ninguém estava isento de pecados para apedrejá-la. Jesus lhe perdoou e recomendou que não voltasse a pecar. Somos sempre perdoados quando perdoamos, somos sempre ajudados quando queremos acertar. Venha conosco, muito irá aprender. Você odiou muito, perdeu tempo envolvida em rancor e sofreu. Venha aprender a

amar, a conhecer este sentimento mais forte que o ódio e que traz inúmeras alegrias e a paz sonhada.

Maria Socorro soluçou, tentou sorrir e agradeceu comovida:

– Obrigada!

Nós os levamos à Colônia. A história da senhora do solar me emocionou. Ah, como se perde tempo odiando. Como fazemos mal a nós mesmos, quando nos deixamos dominar por este sentimento. Como tudo fica mais fácil quando aprendemos a perdoar e a amar. Mas amar de forma certa, sem egoísmo, querendo o bem total do ser amado. Maria Socorro amou a filha, mas seu ódio foi mais forte. De maneira incorreta amou Helena. Exigiu que se vingasse por ela. A garota não suportou o conflito. Mesmo vendo o sofrimento da filha, Maria Socorro não compreendeu seu erro, culpou outros, porque sempre é mais fácil culpar os outros isentando-se dos próprios erros. Realmente tudo que Maria Socorro narrou aconteceu. Os envolvidos nesta trama não tinham religião a não ser socialmente, não tinham o hábito sincero de orar, piorando toda a situação. Se fossem religiosos sinceros, caridosos e bondosos, certamente nada disso teria acontecido. Odiar é muito triste, infelicita primeiro a quem odeia e o ódio gera muitos sofrimentos, mas acaba por cansar. Quando se aprende a amar, mas de maneira correta, é-se feliz e se pode fazer a felicidade de muitos.

Depois dessa história, fomos ver como estava sendo a excursão de Adalberto. Na delegacia preparava uma diligência ao amanhecer. Iriam muitos policiais. A intenção deles era prender todos os envolvidos. Passamos sem sermos notados na Casa Verde. O bando lá estava atento sem desconfiar de nada, não viram os policiais. Aguardavam os acontecimentos ou alguma novidade.

Fomos ver Jair. Ambrósio nos propôs:

— *Necessitamos fazer com que Jair não vá amanhã à Casa Verde. Se estiver lá, será preso. Como menor não irá para a prisão, mas talvez para uma instituição de menores que poderá prejudicá-lo ainda mais, porque no momento ele teria que aprender de modo correto a lidar com sua mediunidade.*

— *Por ser pobre, podem-lhe ocorrer fatos desagradáveis* — comentou Gregório. — *Para os encarnados que têm dinheiro, ficar na prisão é mais fácil.*

Concordamos, infelizmente, com nosso companheiro. Jair, pobre e sem instrução, corria o risco de ser preso se o encontrassem na casa. Ambrósio colocou um remédio numa caneca com água que estava ao lado da cama de Jair. Era um remédio que limparia seu aparelho digestivo, desintoxicando-o, mas isto lhe provocaria uma razoável dor de barriga. Nosso orientador lhe deu um passe. Jair mexeu-se inquieto no leito, logo acordou e tomou a água toda da caneca. De madrugada, Jair acordou para ir ao banheiro e foi muitas outras vezes, sentindo dores na barriga. Xarote veio ver o garoto, não viu nada errado, mas foi em busca de ajuda. Logo voltou acompanhado por um outro desencarnado, entendemos logo que era um médico. Quando encarnado, este espírito teve a profissão de médico; ao desencarnar, por afinidades foi para o Umbral e passou a trabalhar na cidade Umbralina. Usava de seus conhecimentos servindo ao bando. Infelizmente este é um acontecimento normal no Umbral. Desencarnados imprudentes com conhecimentos e instruções vão para o Umbral e lá servem ao mal. Este servir, trabalho que lhe é atribuído, não é somente feito por maldade, alguns são obrigados a fazer. Como vimos ali, na casa simples de Sara, ele veio a mando de Xarote tentar ajudar Jair. O médico desencarnado examinou o menino sob o olhar atento de Xarote. Após um exame detalhado, informou ao outro:

— *Ele deve ter comido algo que lhe fez mal. Não precisa se preocupar, é somente uma simples dor de barriga, uma diarreia sem consequência. Porém o menino está anêmico, necessita de uma alimentação sadia.*

— *Pode ir agora, fique atento, se ele piorar, volto a chamá-lo.*

Despediram-se e o médico desencarnado partiu. Jair também melhorou, mas Sara, preocupada com a saúde do filho, recomendou:

— Jair, você nunca faltou ao trabalho, mas hoje não deve ir. Fique em casa descansando.

Xarote também concordou. Todos da família saíram e Jair voltou a dormir.

Agora teríamos que aguardar os acontecimentos. Ficamos no rochedo enquanto Cláudia foi para a Casa Verde. Íamos esperar a polícia chegar. Sentamos numa das pedras do rochedo e Gregório me perguntou:

— *Antônio Carlos, se analisarmos, quase todos os encarnados necessitam de ajuda, por que você e Ambrósio estão aqui ajudando Jair?*

— *Muitos encarnados e inúmeros desencarnados estão necessitando de ajuda realmente. Estamos aqui tentando resolver este problema, mas não há como solucionar todas as dificuldades do ser humano, em decorrência do livre-arbítrio. Atendemos ou tentamos ajudar quando é feito um pedido sincero, quando solicitam o bem, ou seja, quando quem faz o pedido está apto a* receber a ajuda. Sara, mãe de Jair, intercedeu pelo filho. Seu pedido aflito, feito com amor, foi justo. Ambrósio, amigo de Sara, veio então ajudá-la e vim junto para auxiliá-lo. Quando um pedido sincero é feito ao Alto, em nome de qualquer ser, é analisado e, se for aprovado, os trabalhadores do bem vêm para o auxílio. Neste caso, nosso orientador veio. Jesus nos recomendou que granjeássemos amigos. Quando cultivamos o carinho sincero de amigos, os teremos sempre prontos a nos ajudar. Por alguma circunstância, Ambrósio e Sara já caminharam juntos. E, pelo vínculo de afeto, aquele que caminha adiante se preocupa e trabalha em prol daquele que estacionou. Deus Pai socorre sempre seus filhos pelos seus próprios filhos. Vamos tentar libertar Jair deste domínio ruim e ajudá-lo a melhorar.

– Como Jair veio ter com o pessoal da Casa Verde? – Gregório curioso quis saber.

– Euclides se estabeleceu aqui, Jair foi atraído pelos seus afins quando estava à procura de emprego. O grupo se encontrou, encarnados e desencarnados. Euclides já participava na capital de um trabalho mediúnico parecido com o que vimos na gruta. Ele logo notou a mediunidade de Jair e o convidou para ir à gruta; o menino foi e gostou.

– Por que a afinidade de Jair com espíritos trevosos?

– Nós recebemos – Ambrósio continuou a elucidá-lo –, encarnados, a herança racial e individual da humanidade. Há muitos milênios caminhamos na Terra. E o que temos cultivado? Guerras, ódios, posses, luxúrias e demais vícios. Isto está latente em nossos genes. Transmitimos aos nossos filhos esta herança. Não tendo cultivado nada de bom espiritualmente, nos afinamos com atitudes e circunstâncias primárias.

– *Isto tudo aconteceu porque ele fazia parte do grupo quando desencarnado?* – Nosso companheiro queria mesmo entender.

– *Não tem tanta importância* – esclareceu Ambrósio – *assim ele ter pertencido ao bando. Se pegarmos uma gota de água de um rio e outra de outro rio, ambas são água. Não é taxativo que o indivíduo seja necessariamente bom por ter vivido com pessoas boas e ser mau por ter vivido com maus. O que importa é ele no presente cultivar ou o bem ou o mal, conforme sua escolha.*

– *Se não fosse nossa interferência, ele poderia fazer muito mal no futuro?* – ainda quis saber Gregório. – *E mesmo agora, com nossa ajuda, ele poderá fazer?*

– *Poderia e pode, pois* – nosso orientador pacientemente o elucidava – *por uma circunstância da natureza sua energia vital é abundante. E a direção dos seus pensamentos é que transformará sua energia em benéfica ou maléfica. Se ele lutar para renovar seus atos, ele propiciará o bem. Mas, se um dia qualquer ele for agredido nos seus interesses íntimos e a sua compreensão no bem não for profunda, sua revolta ou ira poderão ser profundamente destrutivas. Daí o dito: "O crente está a um passo da descrença". O que é realmente bom é incapaz de tornar-se mau.*

Calamo-nos. Amanhecia e ver o nascer do sol de cima das pedras era um espetáculo deslumbrante. Vimos movimentação na Casa Verde. Fomos para lá.

CAPÍTULO 9

A prisão

A polícia chegou de lancha e cercou toda a propriedade. Depois, entraram na casa. Euclides, quando percebeu, ficou nervoso e tentou fugir, mas não teve tempo. Vendo-se cercado, desesperou-se. Tentou ainda queimar alguns documentos comprometedores, mas a polícia agiu rápido. Deu-lhe voz de prisão e ele foi algemado. Todos os que estavam na casa foram algemados e revistados, até os empregados domésticos, fato que preocupou Gregório, que argumentou:

— *Antônio Carlos, até estes coitados serão presos? São simples empregados domésticos, cozinheira, lavadeira e pobres ignorantes que trabalham nas plantações e no laboratório.*

– *A justiça dos homens muitas vezes não é correta. Vamos aguardar os acontecimentos. Certamente ficarão presos até ser provado que eles não têm culpa. Mas, Gregório, será que eles não sabiam mesmo que aqui se fazia algo errado? É estranho plantar ervas para chá escondido; e depois este processo para torná-la pasta, nos porões, vendo que na casa este produto não é consumido. Acho que todos desconfiavam, mas as vantagens eram muitas. A corda arrebenta do lado mais fraco. Esta propriedade está no nome de Euclides; ele, sim, se comprometeu, foi pego de surpresa. Quanto aos outros espero que seja provado que eram simples empregados e que sejam soltos, como também espero que a lição seja aprendida: de não trabalhar com muitas vantagens, de que devem desconfiar de trabalhos fáceis e também de serem mais precavidos no futuro.*

O laboratório foi descoberto como também os documentos com os nomes de fornecedores, vendedores e até de alguns consumidores. Por rádio foram passados nomes e endereços para que fossem imediatamente presos.

Tudo que estava no laboratório foi levado para o pátio. Os presos foram obrigados pelos soldados a arrancar os pés de coca e levar para o pátio. Os soldados também ajudaram. Um monte enorme se formou e, com acetona, éter e álcool do laboratório, puseram fogo.

Todos os presos e soldados foram para as lanchas e partiram para a capital. Deixaram a casa em total confusão.

A notícia chegou à aldeia, todos pela região ficaram sabendo. Os pais de Jair vieram aflitos do trabalho para casa. O menino ao saber da notícia chorou de medo. Xarote estava na Casa Verde quando a polícia chegou. Correu para perto de Jair. Somente pôde torcer para que a polícia não viesse prendê-lo. Mas Adalberto, que comandava a diligência, entendeu que o pessoal da aldeia não tinha nada com a plantação da Casa Verde.

Xarote ficou inquieto. Quando viu que ninguém falou de Jair e que a polícia foi embora, suspirou aliviado. Quando relaxou, Ambrósio o fez dormir. Foi levado adormecido para um Centro Espírita onde seria doutrinado, numa sessão de desobsessão, e depois levado para a Escola de Regeneração, para onde já tinham sido levados os outros.

— *É necessário* — explicou Ambrósio — *que Xarote não fique junto de Jair. O menino não se recuperará se não for afastada de seu lado uma companhia tão perturbada assim.*

— *Não estamos indo contra seu livre-arbítrio levando-o sem sua vontade?* — indagou Gregório.

— *Temos liberdade até o limite de não interferir na liberdade do próximo* — respondi. — *Veja você que os encarnados têm o livre-arbítrio de matar outro ser humano. Mas sabem que podem ir para a prisão, acontecimento contra sua vontade. Desencarnados sabem bem o que é errado, mesmo assim cometem erros, como também sabem que consequências contrárias ao seu desejo podem acontecer. Muitas vezes não se quer algo por desconhecimento, como mudar de vida. Mas esta mudança somente acontecerá se ele quiser realmente. Por isto, Gregório, vamos levá-lo para uma doutrinação. Xarote não tem respeitado a liberdade dos outros, um dia chega em que terá a sua liberdade desrespeitada. Isto ocorre com todos que por um período invadem a privacidade de outros. Para todos os abusos há um basta. Xarote será levado para a escola. Lá tenho a certeza de que quererá mudar sua forma de viver. Se, depois de ficar lá o tempo estabelecido, ele ainda quiser voltar à antiga forma de viver, voltará. Mas duvido. Vendo a Colônia, convivendo com pessoas boas vai se transformar, porque é isto que tem acontecido. O estudo nas Escolas de Regeneração tem dado resultado excelente. Muitas Colônias do Brasil e de toda a Terra têm estas escolas. Aderindo a esta forma de educar e instruir estes irmãos desequilibrados, muitas outras escolas estão para serem inauguradas.*

— E se ele não se regenerar e voltar para perto de Jair? — perguntou Gregório curioso.

— Os dois vão ficar um bom tempo separados e muitas coisas mudarão. Aí, caberá a Jair aceitá-lo ou não — continuei a elucidá-lo.

Os trabalhadores do Centro Espírita nos receberam com alegria. Xarote foi colocado num leito onde ficaria dormindo. Seria acordado horas antes da reunião para receber orientação. Depois voltamos para perto de Jair.

Na aldeia só se comentava a prisão realizada. Os pais de Jair estavam preocupados e ele chorava de medo já sentindo a falta do companheiro desencarnado. Quando acostumados com a presença um do outro, seja encarnado ou desencarnado, ao se afastar, sentem falta. Principalmente se são afins. Tenho visto em caso de obsessões, até mesmo por ódio, sentirem quando são afastados.

— Não vejo nenhum componente do bando por aqui, onde estão? — indagou Gregório. *— Logo que a polícia chegou foram embora.*

— São amigos — explicou Ambrósio *— nas horas de lazer, quando tudo está bem. Eles devem estar frustrados por não terem podido prever a diligência policial. Foram para sua cidade no Umbral. Devem estar planejando se aliarem a outros.*

– *Com Euclides preso, estes encarnados já não servem para eles* – explicou Cláudia, que durante os últimos acontecimentos havia prestado atenção às atitudes do bando.

– *Será que denunciarão Jair?* – perguntou de novo Gregório, agora preocupado.

– *Não creio* – respondeu Ambrósio –, *senão já o teriam feito. Jair era para Euclides um moleque médium de pouca importância. Vou me ausentar, esperem-me aqui. Volto logo.*

Nosso orientador se afastou por vinte minutos e voltou acompanhado por um sorridente senhor que nos apresentou:

– *Este é Marindo, trabalhador do Posto de Socorro da região. É antigo componente do bando de Xarote. Cansado da forma que vivia, há um bom tempo, pediu abrigo no Posto. Recuperado, passou a ser um trabalhador exemplar. Aceitou ficar por uns tempos com Jair, substituindo Xarote.*

Depois dos cumprimentos, Marindo com muita simplicidade aproximou-se de Jair e lhe pediu calma. Jair aceitou de imediato o novo companheiro. Sentindo-se protegido, aquietou-se.

Ambrósio voltou-se para Sara, colocou a mão em sua testa transmitindo-lhe calma. Quando um desencarnado quer comunicar algo ao encarnado, quase sempre é por pensamento. Podemos também lhe falar, pronunciar palavras e expressar o pensamento. Fixamos o que queremos dizer, transmitimos, e o encarnado recebe, às vezes de maneira clara, outras, incompleta ou somente conseguimos dar uma ideia vaga. E continuou:

– *Sara, você não tem, em alguma outra cidade, algum parente a quem poderia pedir abrigo para o garoto? Jair necessita sair daqui, passar um tempo longe da aldeia. Com os irmãos não, com outros familiares, com pessoas boas.*

Sara escutou Ambrósio, ficou alguns minutos a pensar, depois falou entusiasmada ao marido:

— Jacó, vamos mandar Jair para a casa de Conceição, minha prima? Nós duas fomos criadas juntas. Há dois anos ela mandou seu filho Ricardo passar uns tempos aqui em casa. Você resmungou que era mais um para alimentar, mas deu certo, Ricardo largou a moça atrevida e casou com outra que é muito boa. Podemos mandar Jair passar uns tempos lá, escreveremos para ela explicando tudo. Ele deve ir já, hoje ainda. Saindo daqui à tardinha, vocês estarão na cidade vizinha de madrugada para ele pegar o trem de manhãzinha. À tarde ele estará com a Conceição. Para todos aqui da aldeia, diremos que ele está com os irmãos.

— E sou eu que tenho que ir com ele a pé até a estação de trem — resmungou Jacó.

— É você sim! Eu não queria Jair trabalhando lá na Casa Verde, você é que achava certo. Ficava preocupada e você me chamava de boba. E olha aí quem é bobo! Bem, não vamos brigar. Jair pode ser preso e você também. Quando não levam a criança, levam o pai. Está certo que ninguém sabia que lá plantavam veneno tóxico. Jair não sabia.

— Droga, mulher, era droga que plantavam.

— Dá no mesmo! Então, você vai? — indagou Sara.

— Vamos, arrume tudo sem dar motivos de desconfiança. Vou ficar dois dias na cidade, vou aproveitar para ver o que os outros estão fazendo. Não quero mais nenhum filho meu envolvido com bandidos.

Jacó saiu e Sara foi arrumar uma pequena mala para Jair. Ditou uma carta para sua prima. Aldo escreveu. Nela ela pedia para Conceição ficar com o filho por uns tempos.

Jair, triste e envergonhado, chorou ao beijar a mãe ao se despedir. Sara prometeu que logo que o perigo passasse escreveria chamando-o de volta.

Assim, foram andando pai e filho pela estreita estrada em passos cadenciados. Marindo foi junto já nutrindo por Jair um carinho especial.

– *Marindo e Jair serão bons amigos!* – exclamou Gregório.

– *Assim espero* – considerou Ambrósio. – *Jair, espírito que muito tem errado, muito tem que fazer de bom a si mesmo e ao próximo. Marindo e Jair pertenceram ao mesmo bando, foram amigos e tudo leva a crer que continuarão a ser. Marindo mudou para melhor e Jair poderá mudar também. Jair, sendo médium, deverá trabalhar com sua mediunidade. E com Marindo junto, seu antigo amigo agora regenerado, o fará para o bem e não mais para o mal.*

Fomos ver Euclides, que estava na delegacia. Logo a notícia se espalhou e a imprensa já fazia reportagens. Jornalistas ávidos por notícias invadiram a delegacia querendo saber detalhes da grande prisão e o sucesso dos trabalhadores da lei. Euclides estava triste, envergonhado e revoltado. Mil pensamentos lhe passavam pela mente atormentada.

"O que vão dizer meus amigos quando souberem? E os parentes? Meus filhos? A sociedade inteira irá me condenar. E Xarote, por que não nos protegeu como prometeu? Não deixei de fazer nada do que me pediu."[1]

– *Estou com pena de Euclides!* – exclamou Gregório.

---

1 N.A.E.: Desencarnados, como os do bando, prometem muito mais do que podem fazer. Como nem tudo lhes é permitido e como não podem com a intervenção dos bons, isto está sempre ocorrendo. Também acontece que, quando o encarnado ou os desencarnados não lhes são mais úteis, os abandonam.

— *Também estamos* — concordou Ambrósio. — *Mas Euclides não é mais criança e sabia muito bem o que estava fazendo. Está sofrendo pelo orgulho ferido. Está preocupado consigo mesmo, com o que as pessoas irão falar e achar. Não lhe passou pelo pensamento se seus filhos irão sofrer. Não está preocupado com seus empregados que são inocentes. Nem com os jovens, com as pessoas que fazem uso da droga. Quantos males sua ação tem acarretado. Quantos suicídios, quantos crimes e quantas lágrimas seu ato errado provocou.*

— *É verdade!* — concluiu Gregório. — *Então é bem feito que esteja preso!*

— *Não, também não é assim!* — continuei. — *Euclides sabia que agia errado traficando a cocaína. Que estava contra a lei e que podia ser preso. Teremos que dar conta um dia dos nossos atos errados, seja à sociedade, à nossa consciência ou às leis Divinas. Apiedemo-nos dele, porque ele age errado e não tem ainda consciência dos seus erros. Procurou dinheiro fácil fazendo muitos infelizes. Planta a má semente e terá que colher da sua plantação. Tenho muita pena dos que erram e saboreiam o erro, quase sempre a dor vem chamá-los à realidade espiritual. Pessoas como Euclides ficam estacionadas no caminho e, pior, fazem muitas pararem. Quando somos causa de outros errarem, nossa responsabilidade é maior.*

Ao acabar de falar, entraram pela delegacia umas vinte e cinco pessoas, presas em flagrante comprando droga de um vendedor de Euclides cujo endereço estava anotado em seu escritório. Eram quase todos jovens. Uns choravam apavorados, outros pareciam indiferentes, talvez acostumados com a delegacia. Um jovem chorava aflito, era Marcelinho, filho de Euclides.

Ficamos com pena daqueles jovens em diversos graus de viciação. Não somente vimos o grupo de jovens viciados e o que a droga fazia em seus físicos, como também muitos desencarnados viciados que estavam com eles em diversos graus de demência. Ver desencarnados viciados em tóxico é bem triste, a droga deforma o perispírito e os faz sofrer muito. Uns estavam apavorados, como alguns encarnados, outros se deliciavam com a prisão dos companheiros encarnados e outros ficavam indiferentes, alheios, sem entender o que ocorria.

Mas com o grupo estavam uns jovens desencarnados radiosos. Com amor e bondade aqueles trabalhadores do bem tentavam auxiliar o grupo de viciados. Cumprimentamo-nos sorrindo.

Foram todos recolhidos numa cela. Marcelinho viu o pai na cela em frente e gritou para ele raivoso:

– Seu cão imundo! Então é verdade? Contaram-me que era você o chefão e ao ser preso delatou todos. Mentiroso! Falava para nós que trabalhava muito. Malandro! Covarde!

Gritava e chorava, os companheiros de cela quietaram e ficaram olhando para ele.

– Não é verdade – defendeu-se Euclides. – Não dedurei ninguém. Prenderam-me de surpresa!

– Marcelinho, ele não está mentindo – disse um dos jovens que foi preso com ele. – Ouvi no rádio que foi isto mesmo. Prenderam-no de surpresa e acharam documentos que comprometeram outros.

Marcelinho calou-se. Euclides então percebeu o que acontecia.

– Marcelinho, que faz aqui? Por que está preso a estes...

– Viciados, pai? – completou Marcelinho, voltando a chorar. – Sou um viciado! Fui preso comprando droga.

Confusão na delegacia. Pais chegando aflitos, advogados, quase todos falando ao mesmo tempo. Alguns jovens passando mal por falta de droga, fraqueza, muitas pessoas juntas num espaço pequeno. Marcelinho vomitou, passou mal, amigos na cela o ajudaram, como também os trabalhadores desencarnados. Quando melhorou, olhou para o pai, que o observava aflito.

— Pai, olhe bem para mim, veja seu filho alucinado! Vou morrer, já não vivo sem a maldita droga! Sem a cocaína! Veja o que fez de mim! Criminoso! Somente você deveria estar preso aqui!

Euclides não respondeu, mas os dizeres do filho ficaram em sua mente. Tentou acalmar-se e chamou seu advogado. Deu entrevistas tentando inocentar-se.

— *Será que Euclides irá sair logo da prisão? Mesmo com o flagrante?* — Gregório indignou-se.

O advogado era esperto e estava conduzindo o inquérito, tentando provar que Euclides era inocente. Que tudo foi uma trama para prejudicá-lo.

— *A justiça dos homens é muito falha. Poucos traficantes ficam presos neste país* — comentou Ambrósio.

Aos poucos os jovens foram soltos, Euclides ficou preso. Mário, o tio de Marcelinho, veio buscá-lo. Nós o acompanhamos. Foi um choque para a orgulhosa senhora ver seu filho naquele estado e saber da prisão do marido.

Mário era boa pessoa, sério e honesto. Logo tomou a iniciativa de ajudar a família. Telefonou para um hospital, conversou com uma assistente social e marcou a internação do seu sobrinho logo para a manhã seguinte. Ele mesmo ia levar Marcelinho para a clínica. O garoto concordou e agradeceu ao tio, sentia que precisava de ajuda para largar o maldito vício. O tratamento, entretanto, era pago. Ainda bem que a mãe de Marcelinho foi a favor e disse para o filho e ao Mário:

— Vou vender esta casa, comprarei um pequeno apartamento num bairro mais popular. É melhor, aqui não me sentirei bem saindo à rua e nem suportarei os comentários maldosos da vizinhança. Morando onde não nos conhecem é mais fácil recomeçar. Euclides deve ter dinheiro guardado que dará certamente para pagar o advogado que o tirará da prisão e para o tratamento de Marcelinho. Quero que você fique bom, filho!

Abraçou-o. Marcelinho chorou desesperado.

— Ó, meu filho! Errei com você! Vou mudar, vou passar a me preocupar mais com meus filhos, cuidarei de vocês com carinho e amor. Estava absorvida em coisas mundanas e descuidei das pessoas que amo. Você viciado e eu nem notei! Depois de tudo acertado, vou me separar de seu pai. Um traficante! Que vergonha! Há tempo mesmo já não vivíamos bem.

— *Euclides está preso, desonrado, os filhos nem um pouco preocupados com ele. E a mulher não o quer mais. Que coisa!* — exclamou Gregório.

— *Espero que Euclides aprenda a lição* — desejou o orientador do nosso grupo. — *A esposa esquece sua parte de culpa nestes acontecimentos. Nunca se interessou pelo que o marido fazia, somente pelo dinheiro que lhe dava. Vamos agora ver Jair.*

Jair e o pai caminhavam distraídos e tristes. Marindo ia com eles. Logo pela manhã, às cinco horas, Jair partiu no trem, foi segurando as lágrimas, estava com medo.

✽

Também pela manhã Mário levou Marcelinho para a clínica. Era um bom lugar e todos estavam esperançosos quanto à sua recuperação.

Os empregados domésticos da Casa Verde, os moradores da região que trabalhavam com Euclides foram todos soltos e voltaram envergonhados para seus lares. Somente ficaram presos os guarda-costas, os indivíduos que eram conhecidos da polícia e Euclides. Mas seu advogado tudo fazia para que fosse solto e respondesse o julgamento em liberdade. Tudo indicava que ele ia conseguir.

Logo à noite, fomos ao Centro Espírita onde levamos Xarote para ser doutrinado. Xarote foi acordado momentos antes da reunião começar. Um trabalhador do centro conversou com ele explicando o que estava acontecendo. Ele foi levado ao local da reunião de desobsessão, onde encarnados e desencarnados, trabalhadores do bem, tentavam recuperar espíritos ignorantes e desequilibrados. Xarote ficou no salão, quieto, sabia que não conseguiria sair dali. Ficou escutando orações, leituras evangélicas, cabisbaixo e pensativo. Ao ver aquela reunião diferente teve respeito pelos trabalhadores e prestou atenção em tudo. Depois viu a incorporação dos desencarnados que sofriam, que tinham lesões profundas em seus perispíritos e que foram recuperados. Eles receberam orientações que lhes deram paz e alegrias. Xarote gostou, olhava tudo admirado, mas não se sentia disposto a mudar de vida. Gostava de farras, bebidas e bagunças. Chegou a sua vez de receber orientação. Chegou perto de um médium e houve o intercâmbio com o dirigente encarnado. Conversar com desencarnados incorporados é mais fácil. Ele, acostumado a incorporar para desfrutar prazeres do corpo físico, ali poderia sentir outras sensações, como dores e medo. Se a reunião de desobsessão reúne pessoas sérias e estudiosas, o resultado é muito bom. O desencarnado incorporado pode ser obrigado a recordar seu passado, a ver seus erros, a recordar sua desencarnação. Às vezes ao recordar certas partes de sua vida, como sua desencarnação, sente como se ela estivesse acontecendo novamente. Se não estiver incorporado, ele pode se livrar disto. Incorporados, eles conversam melhor com encarnados que fazem mais parte do seu dia a dia, do que com os desencarnados bons que quase não conseguem ver. Quando levamos Xarote para o Centro Espírita, tiramos todas as suas armas, suas esporas, porém continuou com sua roupa extravagante. Logo que chegou perto do médium que lhe era estranho, não lhe foi permitido aproximar-se muito. O médium experiente, educado e estudioso, não ia obedecer como Jair o fazia. Quis gritar, mas o médium não falou alto, não se levantou, não saiu do lugar e não fez suas vontades. Sentiu-se dominado, não conseguiu sair de perto do médium, isto ele só faria quando lhe fosse ordenado. O doutrinador encarnado lhe dirigiu a palavra. Educada e pacientemente inquiriu-o, Xarote sentiu medo. Recebia os fluidos dos encarnados, como também dos desencarnados que ali trabalhavam. Esta energia o incomodava, parecia que o queimava. Teve medo também da firmeza do outro. Encarnado firme na fé, de boa moral, impõe respeito em desencarnados como Xarote, mais que os desencarnados bons. Sem saber como, começou a ver seu passado. Centros Espíritas que usam deste método utilizam uma tela fina que transmite imagens de pensamentos de alguém. Ela é utilizada também quando se quer mostrar Colônias, lugares lindos a desencarnados que estão sendo orientados. Quando isto acontece, um trabalhador da Casa recorda o que viu e as imagens passam na tela, neste caso, Xarote foi induzido a lembrar seus erros, seu passado, e os acontecimentos por ele vividos formavam imagens que passavam na tela. Ele achava que não estava pensando em nada. É que este aparelho capta o que está gravado dentro de nós, fatos que julgamos, às vezes, que só nós conhecemos. Outros, induzidos a recordar, pensam mesmo, mas também veem as imagens na tela; não as conseguem fazer parar, só termina quando os trabalhadores desencarnados julgarem necessário. Ver na tela acontecimentos vividos produz bons resultados. Mas pode acontecer que os desencarnados nem liguem. São os insensíveis, os endurecidos. Mas Xarote incomodou-se, chorou, algo que havia muito não fazia. E choro sempre faz bem, é sinal de emoção. Muitas vezes nos revoltamos com certos acontecimentos, mas ao recordar o passado vemos que são reação de nossas ações e que não existem motivos para revoltas. Xarote se julgava injustiçado e entendeu que não havia por que julgar assim. Envergonhou-se de seus erros. O doutrinador o convidou a mudar a forma de viver, a conhecer outras moradas. Ele aceitou e pediu perdão a Deus. Foi retirado de perto do médium e no final do trabalho seria levado para a Escola de Regeneração onde receberia instrução e ensinamentos que necessitava. Também seria convidado a mudar de roupa. Alguns, nos primeiros dias, até que podem não aceitar mudar de vestuário, mas acabam mudando. Na Escola de Regeneração há uniforme, mas não é obrigatório. Os que usam têm orgulho em vesti-lo. No final do curso, todos estão felizes com seus uniformes. Gregório me indagou baixinho:

– *Por que foi recomendado a ele para que pedisse perdão a Deus?*

– *Disse bem, foi sugerido, foi recomendado, primeiro porque, sempre que erramos e pedimos perdão com sinceridade, recebemos paz como resposta. Segundo, este é um ato de entrega ao bem. É o início da mudança, é como dizer que não quer mais o mal e que está disposto a fazer tudo para merecer a ajuda oferecida.*

– *Pensei que haveria mais dificuldades para convencer Xarote* – comentou Gregório.

– *Xarote* – expliquei – *era um desencarnado mau, mas não escondia de ninguém que o era. Era autêntico, era o que era, e não queria aparentar ser diferente. Desencarnados assim não são difíceis de serem convencidos a mudar, sempre se acha algo na sua vida que os comove. Difíceis são os hipócritas. Tanto que nos disse Jesus: "Ai de vós, escribas e fariseus hipócritas."[2] O chefe do bando, o louro, é hipócrita; muda conforme a conveniência, não ama nada, é insensível, difícil de lhe tocar o coração. É por isto que aconselhamos aos espíritas cautela contra a hipocrisia. Não deixem que ela se instale dentro de vocês, esforcem-se, e mudem para melhor com sinceridade e não finjam ser o que não são. Desconfiem dos hipócritas encarnados e desencarnados. Aparentando o que não são, muitos males podem fazer.*

A reunião terminou com grande proveito. Gregório, encantado com o que viu e ouviu, comentou:

– *Como nosso passado explica o presente! E como podemos planejar nosso futuro com nossas ações atuais! Vocês viram como Jair e Xarote estavam unidos? Este foi seu pai na encarnação passada. Que alívio ver Xarote disposto a melhorar. Que*

---

2 N.A.E.: Mateus 23:25.

lição proveitosa podemos tirar de orientações assim. Aprendi uma bela lição. Antes de pensar em fazer uma simples desfeita a alguém, pensarei se essa pessoa não pode ter sido alguém que me foi caro no passado.

Sorrimos. Os encarnados conversavam trocando ideias, mas foram saindo. Logo todos foram embora. Os desencarnados que receberam auxílio foram levados ou para Postos de Socorro ou Colônias. Ficamos conversando por algum tempo. Conversar com amigos é sempre agradável e ao trocar informações aprendemos.

Gregório me inquiriu novamente querendo aprender:

– Antônio Carlos, vi, por este trabalho junto a Jair, desencarnados que estão agindo errado, no mal, atingindo encarnados. Aqui, neste trabalho, também vi encarnados pedirem que os livrem destas influências. O que realmente devemos fazer para não sermos atingidos por estas entidades maldosas?

– Nem sempre basta pedir ou ordenar que se retirem ou afastem, é preciso mudar em cada um o que existe de negativo. Devemos tentar mudar nossa vibração. Como já lhe foi dito, o mal vibra em ondas longas, o homem bom e virtuoso em ondas médias, o cidadão do cosmo, os santos, ou os espíritos superiores, em ondas curtas. Eis um exemplo fácil de como não ser atingido pelos maus. Assim como o rádio, a nossa mente somente recebe dentro da onda que ela emite. Se vibrarmos fora do alcance deles, não seremos atingidos. Quando formos atingidos por uma perseguição, devemos sair da faixa mental do mal. Quando aprendemos a vibrar no amor e compreensão, a viver no bem, como cristãos, não seremos atingidos por eles. Muitos encarnados aqui vieram de fato para tentar se livrar

de obsessores. Mas estas influências podem servir para melhorar as pessoas. Tanto que aqui vieram em busca de auxílio. E a ajuda maior que receberão é o que se pode aprender nos Centros Espíritas. Como também, Gregório, de maneira geral o obsessor, o desencarnado maldoso, é visto como agressor e tudo se faz para o agredido, neste caso o encarnado, não ser atingido. Ambos têm que se melhorar. É necessário que o agredido se torne bom e faça o outro tornar-se também. Para isto devemos nos transformar, do homem violento, avarento, luxurioso e egoísta, numa pessoa melhor. Esta transformação não vem de fora para dentro, ela nasce como resolução anterior que posteriormente vai se transformando em compreensão e, então, nos leva a amar verdadeiramente a todos como irmãos. O amor anula o ódio, se amarmos, nada de mal nos atingirá. Devemos aprender a conviver com os maldosos sem nos deixar contagiar e contaminar por eles. E o amor que nos transforma os transformará também.

– Almejo trabalhar num Centro Espírita, encantei-me com os trabalhos desta noite. Logo que possível vou pedir para estagiar como aprendiz em um – decidiu Gregório sorrindo, alegre como sempre.

Era hora de partir, Ambrósio nos pediu para irmos ao rochedo. Assim que chegamos, dirigiu-se a nós com carinho:

– Amigos, quero lhes agradecer a ajuda. Sem o auxílio de vocês certamente não teria os resultados desejados.

– Por nada, por nada – respondeu apressado Gregório, demonstrando ter assimilado a lição. – Você veio ajudar Sara, o que o liga a ela? Já estiveram juntos em reencarnações?

Ele sorriu entendendo a curiosidade de Gregório, nos olhou, viu em mim e em Cláudia o interesse em saber dos acontecimentos que os unia.

– *Está bem, acho que vocês devem saber. Se tiverem paciência em me escutar...*

– *Claro* – disse Gregório sentado numa pedra. – *Estou aprendendo a ser paciente, pode começar. Escuto você!*

Rimos.

CAPÍTULO 10

O passado de Ambrósio

Nosso amigo, após meditar uns segundos, falou com sua voz doce e agradável:

— O passado está em nós, e a reação de nossos atos se dá no presente. Hoje sou feliz. Mas já passei por aprendizado doloroso. Quanto a Nizá, espero que aprenda para que possa também ter a felicidade no futuro. Agora seu passado parece gritar, chamando-a às contas, resgata muitos erros. Como queria que ela aprendesse a amar e se despisse do orgulho, alegrei-me ao vê-la preocupada com os filhos, a orar com sinceridade. Vou lhes narrar como conheci Sara, então Nizá. Por volta de 1450, encarnei na Inglaterra como filho de servos de um castelo de nobres. Os

senhores do castelo, os Lords, eram pessoas que gostavam muito de festas e seus três filhos viviam soltos pela propriedade: Marc, o mais velho, Mary e James. Eu era amigo dos três e brincávamos juntos pelos pátios e salões. Eu lhes queria muito bem. Quando ficamos adolescentes, passei a trabalhar como servo de Marc. A senhora do castelo ficou doente e em pouco tempo desencarnou. Estava naquela época com dezessete anos, a mesma idade de Marc, Mary com quatorze e James com nove anos. Todos sentiram muito a desencarnação daquela senhora, que não era exigente com os servos e muito alegre.

" Mas logo tudo voltou ao normal e o Lord casou-se novamente com Nizá. Ela era estrangeira e o Lord a conheceu numa feira e apaixonou-se por ela. Era muito mais nova que ele e ficamos sabendo que ela casou contra sua vontade, obrigada pelo pai. Nizá era muito bonita, morena de grandes olhos verdes. Seus costumes eram diferentes, no começo era quieta, observava muito, não era de muito falar. Pressenti que Nizá era como uma serpente que dava botes mortais. Os enteados não gostaram, mas a pedido do pai tudo fizeram para viverem em harmonia. Nizá começou a bajular Mary, tratava todos bem na presença do marido. Longe dele, ela ignorava os enteados, mas também não os aborrecia. Mas com os servos era exigente, agressiva, nós tremíamos diante dos seus gritos nervosos.

Vaidosa e ciente de sua beleza, sabia conquistar a quem quisesse. As festas voltaram a acontecer e todos aceitaram a nova senhora. Era assim que se sentia, a nova e absoluta senhora do castelo.

Marc foi fazer uma viagem para completar seus estudos e treinar para ser um cavaleiro. Apaixonei-me por Mary e ela parecia corresponder. Sabíamos que era impossível aquele amor, *mas mesmo assim a amava. Mary de meninota desajeitada tornou-se uma bela moça, loura de olhos azuis, doces e tristes. Nizá não gostava de concorrentes, principalmente no castelo. Ela não admitia nenhuma serva jovem e bonita ali nos seus domínios, somente trabalhavam no castelo mulheres que ela achava feias. Ela fez com que o marido arrumasse um casamento para Mary. Sofri muito. Mary me pareceu desalentada e triste, mas ao conhecer o noivo mudou de ideia. Ele era um perfeito cavalheiro, bom, bonito, de família rica e apaixonou-se por ela logo que a viu. Casaram-se e ela foi morar com o esposo distante do castelo. Vinha visitar o pai raramente. Mesmo vendo-a pouco, continuei a amá-la.*

Quando Marc voltou ao castelo, estava com dezenove anos. Estava bonito, elegante e foi alvo dos olhares maliciosos da madrasta, que tinha naquela época vinte e três anos. Havia muitos comentários pelo castelo que Nizá traía o Lord. E que tentou em vão conquistar o marido de Mary. Agora conquistava Marc. Triste, vi meu amigo interessar-se por ela. Tentei afastá-lo daquela aventura, mas o amor crescia forte no seu coração inocente e leal. Nizá acabou vencendo e Marc tornou-se seu amante. Isto não trouxe alegria a ele. Marc tornou-se triste por trair o pai e por se tornar um fantoche nas mãos da perversa Nizá.

Passaram dois anos, fiquei no castelo como servo particular de Marc. Continuei a amar Mary, já mãe de dois filhos. James crescia forte e alegre, parecia desconfiar da relação do irmão com a madrasta, mas nada falava. Marc recusava a casar-se e quase não saía do castelo, estava completamente preso ao encanto de Nizá. Esta começou a cansar dele. Tinha outros amantes. O marido nada sabia, talvez desconfiasse, mas também era fascinado pela esposa.

Um dia, o Lord saiu para caçar e Marc entrou nos aposentos da madrasta. Fiquei de guarda no corredor. Ouvi-os discutir, depois quietaram. Pressenti que fizeram as pazes. Foi então que vi o marido subir as escadas; voltava antecipadamente e estava furioso. Querendo avisar Marc, abri a porta e entrei no quarto.

– Marc, seu pai está voltando e parece nervoso – falei alto.

Ele deu um pulo e instintivamente saltou por uma janela ganhando a sacada e por ela foi ter ao jardim, desaparecendo rapidamente. Mas eu fiquei ali olhando Marc e, quando dei por mim, estava de frente ao Lord, que me olhava furioso. Foi então que vi Nizá no leito seminua.

– É você?! Trai-me com um servo! – gritou raivoso.

– Não senhor – respondi aflito. – Juro! Nada fiz de errado!

Lord foi até Nizá e lhe deu uns sonoros tapas no rosto. Depois apertou-a pelo pescoço.

– Com quem me trai? Com quem? – continuou a gritar enlouquecido.

Nizá para se livrar me acusou:

– Foi ele que me obrigou a traí-lo! Dizia que ia matá-lo se não o recebesse aqui no meu quarto. Perdoe-me! Amo você!

O marido a largou e virou-se para mim.

– Você! Um simples servo! Quando contaram que Nizá me traía, não pensei que fosse com um simples empregado. Miserável! Traidor! Nasceu nas minhas terras! É amigo dos meus filhos! Morra!

Atônito vi a faca em sua mão e depois entrar no meu abdome. Empregados entraram no quarto, seguraram o Lord e levaram-me para os fundos do castelo. Meus pais vieram me ver, estavam aflitos. Eles sabiam que eu era inocente, todos no castelo sabiam. Fizeram o primeiro curativo e o Lord mandou me prender.

A prisão era nos porões do castelo. Deixaram-me numa cela pequena e fechada. Tinha água à vontade, mas recebia pouca comida e meu ferimento infeccionou. Meus pais e amigos foram proibidos de me ver. Comecei a delirar com febre alta. Desencarnei após vinte e um dias, ali sozinho e com muito sofrimento. Meus pais enterraram-me, eles sentiram muito, como todos no castelo. Eu era querido.

Ao me sentir liberto, não me revoltei com a injustiça, perdoei a todos, fui socorrido. Adaptei-me rápido à nova vida de desencarnado. Vim a saber de minhas encarnações anteriores e que resgatei nesta encarnação meus erros do passado. Dali para frente me cabia crescer espiritualmente, adquirir conhecimentos e melhorar para progredir.

Quando desencarnei, os empregados revoltaram-se, reuniram-se e disseram ao Lord a verdade, ou uma parte dela. Disseram a ele que Nizá o traía com muitos, com quase todos os amigos dele e que aquele dia eu estava no quarto para evitar uma tragédia, que era outro que estava com ela. Não disseram que era o filho dele para evitar males maiores. Marc era querido e para todos eles era vítima da senhora.

O Lord escutou quieto, sentiu pela injustiça que cometeu. Mandou Nizá de volta à sua casa paterna. Marc sabia que eu era inocente, nada fez para me ajudar, nem me visitar na prisão ele foi. Mas arrependeu-se, muitas vezes ele me pediu perdão e eu lhe perdoei de coração. Ele passou a ser triste, permaneceu no castelo e começou a embriagar-se. Tentei equilibrá-lo, sem muito resultado. Ele ficou doente e desencarnou moço. Meses depois, seu pai também desencarnou. Os dois se entenderam, mas odiavam Nizá, tanto que foram procurá-la para se vingarem. Falei com eles e acabei convencendo-os a perdoar-lhe. Resolveram esquecê-la e foram socorridos, levados para uma

Colônia onde trabalharam e estudaram. Hoje estão reencarnados na Europa e se esforçam para melhorarem.

No castelo ficou James, que casou e foi feliz. Hoje quero Mary como irmã, ela também está encarnada, casada com aquele que foi seu marido no passado, ela é feliz.

Nizá continuou sua vida de erros e traições. Ao seu lado estavam sempre desencarnados afins e muitos que a odiavam. Desencarnou e sofreu muito. Pedi para ajudá-la. Com permissão, fui muitas vezes falar com ela, convenci-a a perdoar e pedir perdão e a levei para um socorro. Continuei indo visitá-la, tentando educá-la. Ela muito errou, mas sofreu também. Pela primeira vez ela sentiu que alguém lhe queria bem, que queria ajudá-la sem interesse. Assim nasceu uma sincera amizade entre nós dois. Reencarnei e tempos depois a recebi como filha. A amizade se fortaleceu, amei-a, ela foi carinhosa conosco, com a mãe e comigo. Mas Nizá muito nos fez sofrer, e à família toda, com seu comportamento errado. Continuou frívola, vaidosa, egoísta e colecionando amores. Novamente me coube como pai socorrê-la, quando desencarnou depois de muitos anos vagando. Ela teria que reencarnar. Voltou à carne entre alguns desafetos. Nesta vida veio pobre, necessitada de trabalhar e não tendo tempo para que não fizesse o que não lhe era devido. Agora não tem dinheiro e nem tempo para vaidade. Como mãe, aprende a repartir e parece que está melhorando. Adquire qualidades, perde vícios e a fé começa a crescer dentro dela. Espero que outros bons sentimentos floresçam também. Certamente, agora, nesta encarnação, é impossível Sara ser como foi quando se chamava Nizá, ser como ela foi nas duas últimas encarnações. Ela terá que demonstrar que aprendeu a lição. Se no futuro reencarnar sendo bela, tendo dinheiro e conseguir ser honesta, trabalhadeira e leal, demonstrará, então, que superou seus vícios. Se não conseguir, é porque não os venceu e terá novamente que repetir a lição até provar a si mesma que aprendeu."

Ambrósio fez uma pausa e Gregório comentou contente:

– *Entendi! Se uma pessoa não pode fazer uma coisa no momento, não se pode dizer que não o faria, se pudesse. Um espírito que tem o vício de roubar encarna sem as mãos; nesta, não roubará, não porque venceu seu vício, mas por não ter condições para fazê-lo. Se na outra voltar sadio e não roubar, aí sim pode dizer que venceu seu vício.*

– *É isso mesmo! É uma vitória alcançada quando vencemos nossos defeitos!* – exclamou Ambrósio.

– *É muito bonita a ajuda que tem prestado a este espírito. Espero que Sara vença seus vícios* – desejou Cláudia. – *Mas agora devo ir, meu trabalho me espera.*

Cláudia e Gregório despediram-se. Nós nos abraçamos comovidos. Volitaram. Ficamos, Ambrósio e eu, no rochedo, depois fomos ver Jair. Este chegou faminto à cidade, pediu informações e achou o endereço. Envergonhado, bateu à porta. Uma mulher agradável atendeu. A casa era humilde, mas muito limpa.

– Sou Jair, filho de sua prima Sara – anunciou ele baixo.

– Oi, entra! Como está? – Conceição cumprimentou observando-o.

Jair entrou e lhe entregou a carta. Conceição leu-a e sorriu.

– Você pode ficar, Jair. Meu marido e eu estamos sozinhos demais depois que todos os filhos casaram. Vou arrumar seu banho e algo para você comer.

Jair suspirou aliviado, estava mesmo cansado e com fome.

– *Jair ficará bem, Conceição e o marido são boas pessoas* – comentou meu amigo e recomendou a Marindo: – *Esforce-se para encaminhá-lo ao bem. Entre em contato comigo se necessitar de alguma coisa.*

Ambrósio e eu fomos despedir-nos de Sara. Ela lavava a louça, lágrimas escorriam pelo rosto cansado.

– *Nizá, Sara* – aconselhou Ambrósio. – *Você não perdeu seu filho, vai recuperá-lo. Logo ele estará de volta. Seus filhos estão bem. Continue firme! Ame, Sara, aprenda a amar de forma certa, sem interesse. Ame estes seres que agora estão com você. Não desanime! Sofrimentos e dificuldades são lições e ao enfrentá-las do melhor modo possível terá alegrias e paz. Tenha fé, ore ligando-se às forças positivas, recebendo assim o conforto, o consolo e carinho de amigos superiores.*

O amigo de Sara estava radiante, ele criou por meio do amor uma energia maravilhosa e projetou em Sara, que a recebeu. Sentiu-se tranquila, parou de chorar e seus olhos brilharam.

Quando queremos ajudar uma pessoa dando a ela energias benéficas, devemos criar primeiro estes bons fluidos. Pensar em coisas boas, desejar a esta pessoa tudo de bom e mandar a ela, estando perto ou longe. Esta é uma das melhores formas de orar por outra pessoa. É doar algo de bom nosso a outrem.

Sara parou de lavar as louças, aproximou-se dos filhos e os beijou. Os dois garotos estranharam a atitude da mãe, que raramente demonstrava carinho por eles, mas gostaram e ficaram contentes.

Saímos do lar de Sara. Agora voltaríamos cada qual para nossas tarefas. Abraçamo-nos despedindo-nos. Retornei feliz aos meus afazeres, certo de que muito aprendi acompanhando um amigo em um trabalho de ajuda a um ente querido.

CAPÍTULO 11

O amor

Uma vez amigos, sempre amigos. Estamos continuamente em contato, assim sei deles. Gregório foi, tempos depois, trabalhar num Centro Espírita e está felicíssimo com seu trabalho. Tem tentado e conseguido, porque quem tenta com vontade consegue ser um ótimo trabalhador na seara Espírita.

Cláudia continua sua tarefa junto aos imprudentes que se perderam no vício dos tóxicos. Seu amor é grande e seu trabalho junto à sua equipe tem obtido excelentes resultados.

Ambrósio continua a ensinar em salas de aulas numa Colônia de Estudo. Não só ensinando como também ajudando a todos, seus alunos muito o amam.

Xarote se adaptou à Escola de Regeneração, fez o curso com muito proveito. Planeja reencarnar logo que possível, está firme no propósito de melhorar, de crescer espiritualmente.

Mas o tempo passou, passa sempre nos modificando, mudando as circunstâncias em que somos envolvidos. Querendo saber o que aconteceu com os personagens destes acontecimentos narrados, fui visitá-los.

Marcelinho ainda lutava contra o vício. Teve muitas internações, entretanto continuava a consumir cocaína. Estava mais forte fisicamente. Quando o vi, ia todo esperançoso participar de um grupo de apoio. Queria realmente se ver livre da droga. Cíntia e a mãe viviam brigando. Moravam num apartamento simples, as duas trabalhavam para se sustentarem. Mas, como a senhora prometeu, tentava agora dar atenção e apoio aos filhos. Teve alguns bons resultados, embora com dificuldades elas entenderam que se amam. O que dificultava era que não tinham religião. Faz muita falta à família uma religião seguida de forma sincera e com fé. Se fossem religiosos, primeiro não teriam passado pelo que passaram, porque assim não teriam se afastado de Deus e do bom caminho. E, no momento em que passassem por muitos problemas, iriam resolvê-los com mais facilidade e eles seriam amenizados com a ajuda da oração sincera e do apoio de companheiros de fé. Harmonizamo-nos muito quando oramos e conduzimos melhor nossas dificuldades.

Euclides saiu logo da prisão e no julgamento foi considerado inocente. Porém o que vem fácil vai fácil também. O dinheiro ganho, que era muito, foi gasto com advogados e subornos. Morava sozinho num quarto simples de hotel, no subúrbio da mesma cidade em que a família residia. Porém quase não os via. Ele continuava a traficar, agora com mais cuidado. Orei por ele, minha oração o incomodou. Sentindo-me indesejável, fiquei pouco ao seu lado. Desejei de coração que voltasse ao bom caminho, ao trabalho honrado e honesto.

Fui ver Jair. Encontrei-o no trabalho diário da lavoura de feijão com o pai e os irmãos. Aldo lhe disse uma gracinha e Jair sorriu alegre. Ele estava feliz e em paz com todos. Já não era agressivo, agora era amigo dos irmãos. Também estava forte, cresceu e do ferimento da perna ficaram as três pequenas cicatrizes. Todos estavam bem. Sara também estava tranquila, embora cansada e com o corpo dolorido do trabalho pesado. Ao olhar a família seus olhos brilhavam de carinho. O amor crescia no seu espírito. Alegrei-me.

Marindo, o desencarnado que ficou para ajudar Jair, veio encontrar comigo todo contente.

– *Antônio Carlos, que bom vê-lo por aqui!*

– *Como está, Marindo? Como vai Jair?*

– *Jair e eu estamos nos entendendo às mil maravilhas. Somos amigos e estamos trabalhando para o bem. Vou lhe contar o que aconteceu. Conceição e o marido cuidaram direito de Jair. Levaram-no ao médico e um tratamento correto o fez ficar forte e sadio. Isto também porque largou de cometer os excessos que Xarote lhe obrigava a fazer. Um dos filhos de Conceição é Umbandista, logo que viu Jair, entendeu que ele era médium e o levou para visitar seu núcleo. Fomos, ele e eu, muito bem tratados. Expliquei aos trabalhadores desencarnados de lá tudo o que aconteceu e eles nos ajudaram. Os encarnados conversaram bastante com Jair, instruindo-o sobre sua mediunidade, como também deram e emprestaram bons livros a ele sobre o*

*assunto. Jair se interessou e passou a frequentar o local. Apren-
demos de modo correto a entrar em intercâmbio. Oito meses
que Jair ficou com Conceição foram de enorme proveito para
nós dois.*

*"Quando Jair voltou, Conceição veio junto e explicou a Sara
e Jacó o que ocorria com ele. Entenderam, como também pro-
curaram um lugar onde Jair poderia trabalhar com sua mediunidade. Na cidade vizinha, achamos um grupo Umbandista que
trabalha com seriedade para o bem. Fomos e agora já estamos
enturmados. Jair vai às sextas-feiras, à noite, de quinze em
quinze dias. Ele está ótimo e nós dois estamos trabalhando di-
reitinho. Estamos contentes, aprendemos muito. Às vezes, toda
a família vai conosco. Eles gostam. Como também Jair tem ido
à missa, agora ele ora e esqueceu o passado."*

– *Fico contente, Marindo, por você e por ele. Que Deus os
proteja!* – desejei alegre.

Despedi-me e antes de voltar aos meus afazeres fui rever o
rochedo. No Plano Espiritual há lugares lindos, mas na Terra, no
Plano Físico, também existem locais com incríveis belezas. Encantos estes que é só reparar e desfrutar. Nosso planeta é for-
moso e em muitos lugares a natureza é pródiga em maravilhas.

Sentei numa pedra no alto do rochedo e me pus a contem-
plar maravilhado o local. A aldeia mudou muito neste tempo.
Os turistas descobriram as belezas deste recanto. E isto fez muito
bem aos moradores, que tiveram mais opções de empregos e
meio de ganhar dinheiro trabalhando para as pessoas que ali
vinham para descansar e desfrutar dos encantos do lugar. A
aldeia já não parecia tão pobre. A antiga propriedade, a Casa
Verde, agora era um hotel pitoresco. O rochedo também estava
sendo chamado por outro nome. Parecia que todos ali queriam

recomeçar sem lembrar o passado, preferindo todos não comentar sobre os fatos desagradáveis que ali se passaram.

Sem o grupo desencarnado que frequentava a gruta, ali agora era gostoso, os fluidos do lugar, benéficos e repousantes.

Algumas pessoas passeavam pela praia. Observei um casal de namorados que excursionava pelo rochedo. Descobriram a fenda na rocha que serviu de abrigo por anos ao casal de imprudentes suicidas. Pareciam se amar. Amor... Meditei sobre este sentimento tão comentado.

O Amor real é algo que a maioria na Terra não conhece.

Como é difícil dissertar sobre este sentimento, sentir e cultivar o amor verdadeiro. Porque muito se tem falado sobre ele e designado outros sentimentos como se fossem amor. Ou então é confundido com algumas situações, como se fossem consequência de sua manifestação. O amor é uma afeição profunda.

Este sentimento não pode, não deve ser egoísta. É caridoso, quer o bem do ser amado, estando perto ou longe. Não se baseia na mentira, mas na verdade. Não é estéril, dá doces frutos. Não deve ser ocioso, e sim laborioso, no bem de nós mesmos e de todos.

Devemos amar a nós mesmos. Se não amarmos a nós mesmos, como amar nosso próximo? Se não nos amarmos por achar que temos muitos vícios e somos desagradáveis, que mudemos, tornando-nos melhores para que outros passem a nos amar e admirar. Quando nos queremos bem, podemos também querer a outros. Mas que este amor não nos afunde no egoísmo e vaidade, e sim no altruísmo. Ele deve ser benévolo.

Para que o amor cresça em nós, o ódio e rancor não devem ser alimentados, antes devem ser extintos, para que a plantinha meiga e frágil do amor fortaleça e irradie em nós, de dentro para fora, toda sua beleza.

O amor entre duas pessoas não deve ser confundido com paixão. Paixão é um sentimento arrasador que passa logo, deixando sempre estragos. O amor não deve ser somente manifestação física, deve ser uma união onde a felicidade e o bem-estar do outro são mais importantes que os nossos próprios . Amor, sentimento forte que une, laça as pessoas, mantendo-as unidas mesmo quando distantes. O amor verdadeiro fortalece o espírito perpetuando uniões. E este afeto sincero deve ser estendido à prole, aos pais, aos parentes e amigos, aumentando o círculo, até que amemos a todos como o Pai nos ama.

O Pai ensinou-nos a amar como Jesus nos amou. Quando nós na Terra aprendermos a amar, seremos muito mais felizes, porque o amor anula nossos erros, leva-nos ao progresso e, consequentemente, à felicidade.

Devemos exercitar para amar tudo, nossas tarefas, nossas lições, nossos afetos e desafetos, nossas dificuldades e alegrias. Em tudo o que vamos fazer devemos primeiro amar, colocar o sentimento do amor em tudo. A tarefa nos será mais suave e mais agradável, os resultados surgirão num trabalho bem-feito. Nossa caminhada será mais amena se amarmos os companheiros de jornada. Se amarmos o caminho, surgirão flores para enfeitá-lo.

Ser grato já é sinal de que estamos aprendendo a amar. Sejamos gratos a tudo, a todos e ao Pai. Cultivemos a gratidão sincera, sem nunca exigi-la para nós. Lembrar os benefícios recebidos é um dever, porém devemos esquecer sem cobrança os benefícios que julgamos ter feito. Ao receber agradecimentos, devemos aceitar sem afetação, amando a quem prestamos favor.

Se amarmos a todos, tudo nos será mais fácil, porque teremos amigos, seremos recíprocos ao carinho de outros.

Se eu amar, farei o amor expandir, levando outros a amar. Quando o amor verdadeiro for mais cultivado, a Terra, então, será uma morada fraterna e todos seremos beneficiados, porque o amor real é alegria e felicidade.

A tarde estava muito bonita, as poucas nuvens no céu formavam figuras pitorescas que cobriam por instantes o sol. As ondas batiam nas pedras do rochedo formando espumas claras e o som que produziam neste encontro era harmonioso. A natureza gera uma indescritível música.

O casal de namorados subiu o rochedo. Passaram por mim com os semblantes cansados, mas felizes. Deles escutei:

– Eu o amo!

– Eu também a amo!

Histórias do Passado

**Vera Lúcia Marinzeck de Carvalho
ditado por Antônio Carlos**

Romance | 16x23 cm
240 páginas

Renata deixou para o pai dois cadernos: um de conversas psicografadas, que ela teve com a mãe; no outro, Sueli, desencarnada, conta à filha as vivências do passado dela e de amigos, em ações de erros e acertos com os quais amadureceram. Uma grande amizade os uniu e também um amor-paixão. Depois de algumas encarnações juntos, eles se esforçaram e cumpriram o que planejaram. O amor se purificou...

 www.boanova.net

 www.facebook.com/boanovaed

 www.instagram.com/boanovaed

 www.youtube.com/boanovaeditora

Entre em contato com nossos consultores e confira as condições
Catanduva-SP 17 3531.4444 | boanova@boanova.net

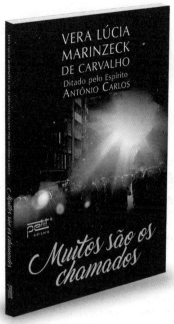

Muitos são os chamados

Vera Lúcia Marinzeck de Carvalho
ditado por Antônio Carlos

Romance | 16x23 cm
176 páginas

 www.boanova.net

 www.facebook.com/boanovaed

 www.instagram.com/boanovaed

 www.youtube.com/boanovaeditora

Durante sua festa de formatura, Marcos sente uma grande atração por Mara - a noiva de Romeu, seu colega de estudos. Jovem e ambicioso, Marcos pretende enriquecer no exercício da medicina. Fascinado por Mara, rompe seu namoro de tantos anos com Rosely, que sempre o apoiou. O jovem médico - perseguindo a fortuna - não conta com um incidente fatal: uma moléstia grave, que o impede de continuar enriquecendo. Depois de encontrar a cura por meio de cirurgias espirituais, Marcos é influenciado e abandona o Espiritismo. Novamente empenhado na conquista de bens materiais e esquecido da própria saúde, ele desencarna. Do outro lado da vida, ele enfrenta experiências dramáticas que o levam a repensar seu modo de agi

Entre em contato com nossos consultores e confira as condições
Catanduva-SP 17 3531.4444 | boanova@boanova.net

LEMBRANÇAS
QUE O TEMPO NÃO APAGA

VERA LÚCIA MARINZECK DE CARVALHO
Ditado pelo Espírito Antônio Carlos

Romance | 15,5x22,5 cm | 256 páginas

"Esta é a história de cinco espíritos que, após terem uma reencarnação com muitas dificuldades, quiseram saber o porquê. Puderam se lembrar, porque tudo o que acontece em nossas existências é gravado na memória espiritual, e a memória é um instrumento que Deus nos concedeu para que tivéssemos consciência de nossa existência. O tempo acumula as lembranças, que são o registro da memória dos acontecimentos que se sucedem. E esses registros são muito úteis para cada um de nós, pois nos confortam e ensinam. Acompanhando esses cinco amigos, conhecemos algumas de suas trajetórias encarnados: seus erros e acertos, alegrias e tristezas. Em certo ponto, eles reencarnam com planos de reparar erros com o bem realizado e de aprender para agilizar a caminhada rumo ao progresso. Será que conseguiram? Você terá de ler para saber. E agradecerá no final pelos conhecimentos adquiridos e pelas interessantes histórias!"

boanova@boanova.net
www.boanova.net | 17 3531.4444

CONHEÇA O INSTITUTO BENEFICENTE BOA NOVA

SOCIEDADE ESPÍRITA BOA NOVA

Fundada em 1980, é hoje uma referência no estudo do espiritismo. Aqui, oradores e expositores de todo o Brasil realizam seminários, eventos, workshops e cursos. Além disso, toda semana são realizadas reuniões públicas.

CRECHE BOA NOVA

Criada em 1986, a Creche Boa Nova atende mais de 130 crianças entre 4 meses e 5 anos e 11 meses de idade.

BERÇÁRIO ESTRELA DE BELÉM

Mais de 40 crianças de 4 meses a 1 ano e 11 meses são atendidas no berçário mantido pelo Instituto Boa Nova.

CAMPANHAS SOLIDÁRIAS

O projeto Boa Semente atende mais de 50 famílias carentes da cidade, entregando cestas básicas e marmitas.

DISTRIBUIDORA E EDITORA

Líder no segmento espírita, a distribuidora disponibiliza mais de 7 mil títulos, e a editora Boa Nova tem os seguintes selos editoriais:

Levamos o livro espírita cada vez mais longe!

 Av. Porto Ferreira, 1031 | Parque Iracema
CEP 15809-020 | Catanduva-SP

 www.**petit**.com.br
www.**boanova**.net

 petit@petit.com.br
boanova@boanova.net

 17 3531.4444

 17 99777.7413

Siga-nos em nossas redes sociais.

@boanovaed   boanovaeditora

CURTA, COMENTE, COMPARTILHE E SALVE.
utilize #boanovaeditora

Acesse nossa loja   Fale pelo whatsapp